Říční polobozi

vodácké povídky
vítězů literární soutěže

Ilustrace © Pavel Talaš
ISBN 978-80-88298-03-8

Říční polobozi

vodácké povídky

Předmluva

Číslovka tři je číslo jako každé jiné. Prostě číslo. Ale docela chápu, proč lidé občas hledají v číslech neexistující významy. Na konci třetího ročníku soutěže, nad rodící se třetí knížkou vodáckých povídek a navíc s nečekaným bonusem od Zdeňka Šmída in memoriam si připadám taky trošku magicky.

Nebudu lhát, taky mě napadlo, že jsme to pěkně zakulatili, svůj sen doplnit vodáckou knihovničku jsem si splnil, a že bych si mohl zamnout ruce a…

Ale nemůžu. Nechci. Přijde-li nová povídka, zrovna když kvetou kytky na sklech oken a venku mrzne až praští, přenese mě do léta a najednou se kolem mě zas míhají kozy šlajsen, v uších zazní duté údery pádla o bort a kolem zavoní kvetoucí louka. O tohle cestování časem nechci přijít. A nechci o něj připravit ani vás, kteří to máte stejně.

Možná, že říční polobozi to umí i bez knížek. Nevím. Asi jsem jich za život spoustu potkal. Jenže je poznáte, jen když někoho loví zpod jezu, a to zrovna není ideální chvíle na hovory o literatuře.

Vlastně jsem rád, že jsem se nikdy nezeptal. Rád si představuju, že polobozi, když nedrtí zrovna přídí kry, sedí u krbu a chechtají se a roní slzy na stránky našich knížek.

Pígo

Vesta za pět prstů

Ta holka by zasloužila nominovat na Darwinovu cenu.

Vydroš poposedával na nepohodlné židli ve výslechové místnosti kriminální policie a za poslední hodinu už po několikáté přemítal nad tím, jak mohl tak rychle z pozice hrdiny týdne klesnout na úroveň nedůvěryhodné, ne-li rovnou podezřelé osoby. Nejdřív se noviny předhánějí v oslavování jeho odvážného činu a po síti létají odkazy na amatérsky roztřesený videozáznam, na němž jako nějaký vodní polobůh vynáší ze zpěněné hřmící řeky tělo jedenadvacetileté studentky, která se málem utopila při sjíždění jezu, a najednou u jeho půjčovny lodí stojí policejní vůz a kriminalisté si ho žádají k podání vysvětlení. Neboť ta dívka údajně měla na sobě plovací vestu právě z jeho půjčovny, a přesto klesla ke dnu jako kámen. Vydroš měl ve skladu možná stovku plovacích vest, jednou věcí si však byl naprosto jistý. Tuhle konkrétní by jí nikdy nepůjčil. Tu by nepůjčil nikomu.

Pokud by měl vyjmenovat pár spolehlivých způsobů, jak přijít o život na běžné české řece, na prvním místě by nepochybně uvedl sjíždění nebezpečných jezů bez předchozího zhodnocení situace, a to zejména při větší vodě. Za nejpitomější způsob, jak sám sebe na řece sprovodit ze světa, by pak označil sjíždění nebezpečných jezů při větší vodě v ukradené vestě, která už od pohledu neměla s bezpečností nic společného. Kdyby se tam ta holka bývala utopila, dozajista by se tímhle sebeodstraněním z lidského genofondu zasloužila o jeho podstatné vylepšení, a Darwinovu cenu by tak měla v pomyslné kapse. Ona nicméně přežila a Vydrošovi připadalo poněkud nefér, že zatímco si ta neopatrná káča klidně leží na nemocničním lůžku v umělém spánku a postupně se uzdravuje, on tady tvrdne na policejním oddělení a potí se pod nekončícím přívalem otázek. A proti veškerému zdravému úsudku se začíná cítit provinile.

Kriminalistka Rádlová, hranatá čtyřicátnice s pichlavýma očima a s odbarveným ježkem na hlavě, jíž ho po příjezdu na policii svěřili do péče, působila dojmem cílevědomé ženy, pro kterou práce představuje smysl života do té míry, že pokud zrovna není ve službě, tráví víkendy pořádáním kurzů sebeobrany pro mladé dívky s názornými ukázkami co nejefektivnějšího zneškodňování útočníků mužského pohlaví. Její kolega Karfík, pohublý mladík s nezdravou pletí, měl naopak výraz člověka, kterého jeho zaměstnání příliš neoslovuje, seděl u počítače s kostnatými prsty připravenými nad klávesnicí a tvářil se nezúčastněně.

Vydroš až do poslední chvíle netušil, čeho se má tato nečekaná schůzka týkat, logicky však předpokládal, že půjde o doplnění jeho předchozí výpovědi ohledně pondělní nehody na jezu, kterou s ním policisté sepisovali nedlouho poté, co vrtulník s bezvládnou dívkou omotanou spletí hadiček odletěl do nemocnice. Proto mu zprvu nepřipadalo nijak zvláštní, když Rádlová z plastového boxu na stole vytáhla špinavou a potrhanou plovací vestu zabalenou do průhledného igelitového pytle a posunula ji k němu.

„Poznáváte tohle?“

„To asi měla na sobě ta Stehlíková, ne?“ odvětil bezelstně. Ne, že by tehdy obzvlášť zkoumal, za jakou vestu ji tahá z proudu, byl hlavně rád, že jí jakžtakž sedí na těle a nekloluže mu v prstech. Na fotkách se ta oranžová barva nicméně nedala přehlédnout, třebaže k původnímu vodákům dobře známému odstínu měla tou dobou již hodně daleko.

„Jak dlouho už se zabýváte provozováním vodácké půjčovny?" položila mu Rádlová otázku, která s tou předešlou zdánlivě nesouvisela, aniž by na jeho odpověď jakkoli zareagovala.

„Něco přes deset let," spočítal Vydroš rychle. Dosud neměl důvod k neklidu.

„Takže se dá říct, že máte s vodáckým vybavením a obecně se sjížděním řek jisté zkušenosti?"

„To bych asi měl mít," odtušil pobaveně. „Na vodu jsem začal jezdit už jako kluk a v jedný půjčovně jsem brigádničil, ještě než jsem dodělal střední školu."

„Tady uvádíte, že jste členem sboru dobrovolných hasičů," poklepala Rádlová na tenkou složku, která podle všeho obsahovala jeho pondělní výpověď.

„To už bude taky skoro deset let," přitakal. Žena sedící naproti němu zachovávala neutrální výraz, směr jejích otázek nicméně pomalu probouzel jeho zájem. A také ostražitost.

„Máte tedy jisté zkušenosti i se zachraňováním vodáků uvízlých pod jezem?" ptala se dál a Vydrošovi začínalo svítat. Nebo si to alespoň myslel.

„No jo, párkrát jsem se u takový události vyskytnul," připustil. „Navíc pravidelně jezdíme na cvičení pro záchranáře." Zachmuřil se. Tohle se neubíralo dobrým směrem.

„Můžete mi tudíž vysvětlit, jak je možné, že se v řece málem utopí člověk s plovací vestou na sobě? Nepůjčujete vesty svým zákazníkům právě proto, aby se něco takového nestalo?"

Tón jejího hlasu se nezměnil, očima však pozorně pátrala v jeho tváři, která, jak doufal, nevyjadřuje nic jiného než to, co právě cítil – překvapení. Z předchozích dotazů získal dojem, že Rádlová bude pravděpodobně takový ten typ, který udělá kauzu ze všeho – třeba i z toho, že trénovaný hasič a protřelý vodák, jenž si z koníčka udělal práci, nedokáže ani s pomocí deseti ochotných lidí zachránit topící se oběť natolik pohotově, aby nemusela skončit v nemocnici s možnými trvalými zdravotními následky. Její poslední otázka nicméně vypovídala především o nedostatku znalostí a zkušeností. Pokud ovšem nebylo účelem ho zmást.

„To jo," odpověděl pomalu a opatrně zvažoval, co řekne dál. „Jenže samotná vesta vám nepomůže, když hodíte pud sebezáchovy za hlavu a začnete se chovat nezodpovědně – jako třeba ta holka. Ten jez je vyhlášenej zabiják, všude kolem jsou pomníčky vodáků, co se tam utopili, je nebezpečnej už při trochu zvýšený vodě, a ona tam přesto vjede, i když celej víkend předtím leje jako z konve a valí se tudy tuny vody. Pod tím jezem se vytváří silnej válec a voda se vrací zpátky s takovou vervou, že vás snadno vtáhne pod hladinu, i kdybyste měla na sobě tři vesty."

Její nespokojenost spíš vytušil, než že by ji dala najevo, třebaže nechápal, proč by se jí jeho vysvětlení nemělo zamlouvat – říkal jí pravdu, nakonec i v novinách se několik odborníků vyjádřilo v podobném smyslu v článcích maskujících senzacechtivost pod roušku dobře míněného varování. Ona ho ale jen mlčky sledovala a poklepávala propiskou o stůl. Kdyby necítil, že je z neznámého důvodu zaujatá proti němu, asi by mu tahle její teatrální důležitost připadala komická.

„A tohle poznáváte?" vylovila znenadání z boxu drobnou modrou věc a položila ji na stůl, nespouštějíc pohled z Vydrošova obličeje.

Zaostřil na medvídka vyrobeného z čehosi, co na první pohled připomínalo polystyren. Nechápal.

„Prohlédněte si to dobře," pobídla ho.

Vzal tedy medvídka do ruky, převrátil ho v prstech a ohmatal si jeho na omak tvrdý povrch. Nebyl o nic moudřejší.

„Nějaká dětská hračka?" zkusil to nakonec, jen aby něco řekl a prolomil tak houstnoucí atmosféru.

Rádlová stiskla rty a pokynula Karfíkovi, který vstal, opatrně z boxu vyňal hrnec naplněný vodou a postavil ho na stůl.

Vydroš zdvihl obočí a stěží se ubránil smíchu. Co to tu na něj zkoušejí?

Rádlová vzala medvídka, ponořila ho do vody, několik vteřin ho promačkávala v ruce a posléze ho opět vytáhla. Vydroš, který ji s živým zájmem sledoval a v duchu už se viděl, jak tuhle scénku líčí kamarádům v hospodě, si překvapeně uvědomil, že medvídek je vodou úplně nasáklý. Rádlová stiskla ruku v pěst, náhle změklá hmota jí takřka zmizela mezi prsty a tekutina vystříkla proudem zpět do hrnce.

„Dětská mycí houba,“ informovala ho. „K dostání v každé větší drogerii. Ještě pořád nic?“ zajímala se a Vydroš si v jejím výrazu všiml něčeho provokujícího a zároveň s jistotou věděl, že nyní studuje jeho reakci mnohem pečlivěji než předtím.

Bylo zřejmé, že tady ti dva policajti nejsou od toho, aby mu ukazovali zázraky přírody nebo po něm žádali vyluštění logického kvízu. Ze ztuhlého držení jejího těla Vydroš vyrozuměl, že Rádlová má k žertování stejně daleko jako pramen řeky k místu, kde ústí do moře. Tohle všechno muselo mít něco společného přímo s jeho osobou. Přinutil se tedy přemýšlet, vážně se tím zaobírat, dotkl se mokrého povrchu medvídka, vzal znovu do ruky vestu, aby to vypadalo, že problém nebere na lehkou váhu, a převrátil ji na druhou stranu. A tam si toho všiml.

Malá, působením vlhkosti téměř vybledlá nášivka s logem místního sboru dobrovolných hasičů nebyla vzadu na límci téměř vidět, ale on okamžitě poznal nejen vestu, ale došlo mu i to, proč tady sedí naproti neústupné kriminalistce, která se ani zdaleka netváří, že by uznávala jeho hrdinské zásluhy.

„Tak o tohle vám jde?“ opřel se lokty o stůl a zkroutil ústa v pohrdlivém úšklebku. „Snažíte se dokázat, že jsem jí půjčil vestu, ve který se málem utopila? A co se podle vás stalo pak – skočil jsem pro ni do řeky, aby se o mně psalo v novinách a mohl jsem s tou historkou dělat dojem na holky?“

„To mi povězte vy," vybídla ho Rádlová, ačkoli vypadala, že přesně to si myslí.

„Neměl bych zavolat svýho právníka nebo tak něco?" prohodil sarkasticky.

„Chceme po vás jenom logické vysvětlení, proč měla na sobě vestu, u níž si někdo dal tu práci, že ji rozpáral, vytahal z ní polystyren a místo něj tam zašil kusy tohohle," ukázala Rádlová na modrého medvídka. A Vydrošovi to konečně docvaklo.

„No jasně, já si celou dobu říkal, co tam ti zmetci nacpali!" zavrtěl hlavou v nevěřícném údivu. „Proto mi ta holka připadala tak těžká…"

„Ti zmetci," skočila mu do řeči, „to má být jako kdo?"

„Moji šílení kamarádi od dobrovolnejch hasičů," poklepal prstem na nášivku s logem a pak znovu potřásl hlavou. „Poslyšte, tohle je všechno hroznej omyl. Já nevím, jak se tahle vesta dostala z mojí půjčovny, ale já sám jsem ji určitě nikomu nedával. Vlastně jsem si až doteďka myslel, že ji ukradli nějaký vandalové. To je teda fakt neskutečný," vydechl, jak si postupně uvědomoval další souvislosti, „kde by mě napadlo, když jsem tu Stehlíkovou tahal ke břehu, že má na sobě zrovna tohle! Je zázrak, že vůbec vyvázla živá."

„Takže vy tvrdíte, že vám tu vestu někdo ukradl?" pokoušela se Rádlová vstřebat náhlý příval informací.

„Přesně tak," přitakal, „a když o tom zpětně uvažuju, tak se ztratila zrovna v noci z neděle na pondělí. No jasně, teď už to všechno začíná dávat smysl."

„Hlásil jste někomu, že vás vykradli?" vyptávala se dál.

„Ale mě nevykradli," zasmál se, „někdo prostě jenom přelezl plot a sebral mi vestu. Heleďte, ta vůbec nebyla určená k půjčování. Byla tam přede dveřmi jen tak na ozdobu. Jak bych ji taky mohl někomu půjčit, když byla plná tohodle, že jo," máchl rukou k medvídkovi.

„Což mi právě není jasné," pleskla Rádlová dlaní o stůl v návalu netrpělivosti, „proč ji někdo upravil takovým způsobem, že je její použití životu nebezpečné?"

„Vždyť říkám – to udělali moji kámoši hasiči! To máte tak," začal překotně vysvětlovat, „pár let zpátky jsem byl docela ve formě a vyhrál jsem několik hasičskejch soutěží za sebou. Kluky to dost žralo, a tak někdo přišel s tímhle debilním nápadem. Ten den jsme měli nacvičovat záchranu člověka, kterej jakože uvízne ve válci pod jezem – a já měl bejt ten uvíznutej. Navlíkli mě do týhle vesty, odvezli mě na člunu pod jez a tam mě hodili do vody, že mě jako budou zachraňovat. Prostě takovej blbej vtip."

„Vaši kamarádi mají zvláštní smysl pro humor," podotkla suše. Na jejích kurzech sebeobrany by se dozajista nic takového nestalo.

„Popravdě, když mě pod jezem začal tenhle jejich výtvor táhnout dolů, taky mi to moc vtipný nepřišlo," odsekl podrážděně. Dodneška si pamatoval na pocit bezmoci ve chvíli, kdy se mu voda přelila přes hlavu a ztěžklá, vodou nasáklá vesta ho uvěznila pod hladinou. I kamarádům zjevně došlo, že to zas taková švanda není, a dodatečně se mu snažili namluvit, že mělo jít o simulaci záchrany obézního vodáka. Jejich pobledlé výrazy, když ho na laně vytáhli z řeky, však hovořily za vše.

„Jinými slovy, vy jste věděl, že je ta plovací vesta nefunkční, respektive že by naopak mohla někoho zabít, a přesto jste ji měl ve své půjčovně?"

„Přece vám říkám, že to tam mám jenom na ozdobu!" bránil se. „Já tyhle zastaralý typy z polystyrenu ani nevedu. Po tom cvičení mi ji kamarádi dali na památku, a tak jsem si ji tam vystavil, protože mi bylo líto to vyhodit, když už si s její výrobou dali takovou práci." A někdy za pár let, až se na celou příhodu zapomene, jsem se chystal ji použít v rámci nějaké pěkně odleželé pomsty, dodal v duchu.

„Provozujete půjčovnu lodí a vodáckých potřeb, sídlíte pár metrů od nebezpečného jezu a dáte si před vchod nefunkční plovací vestu? Promiňte," pronesla kousavě, „ale já vidět někoho, jak se topí, tak vesta před vašimi dveřmi bude to první, co půjdu popadnout a hodit tomu člověku do řeky."

„Promiňte," napodobil ji stejně jízlivým tónem, „ale já jsem pevně přesvědčenej, že to by vás ani ve snu nenapadlo. To byste to u mě musela vidět. Místo planěk mám v plotě zlámaný pádla, nade dveřmi proraženej kajak, na okenicích přibitý kusy roztříštěného záchranného kruhu a tuhle konkrétní vestu měl na sobě plastovej trpaslík s prasklou helmou na hlavě a nápisem ‚Lepší od Vydroše přilba nežli sud od Bilba'."

Karfík zdusil smích zakašláním, jakmile na něj Rádlová přísně pohlédla, a dál se tvářil nezúčastněně.

„Jak říkám," navázal Vydroš, „nerad věci vyhazuju a tahle výzdoba už moji půjčovnu docela proslavila. Lidi se s tím trpaslíkem dokonce fotěj. Prostě nikdo, kdo je aspoň trochu při smyslech, by nekradl a hlavně nepoužíval nic z toho, co je tam vystavený. Ta vesta byla navíc zašlá od deště, ještě před pěti minutami bych ani omylem nevěřil, že si ji někdo vezme na sebe." To, že ji umístil před vchod zčásti i proto, aby kamarádům dokázal, jaký je tvrďák a že si z toho jejich hloupého žertíku nic nedělá, o tom raději pomlčel.

„Takže abychom to shrnuli," povzdychla si Rádlová, „vy tvrdíte, že jste Lucii Stehlíkové tuhle vestu nepůjčil. A někdo z vašich zaměstnanců…"

„Půjčovnu provozujeme jenom ve dvou a můj společník má už čtrnáct dní dovolenou. Heleďte, já mám v počítači záznamy o všech pronajatejch věcech, můžete se sami přesvědčit, že tam o týhle vestě není ani řádka."

Rádlová nicméně dvakrát přesvědčeně nevypadala. A Vydroše to pomalu přestávalo bavit. Tak on se tady snaží, riskuje vlastní život, aby zachránil holku, která se chová jako nemyslící trubka, a nakonec z toho sám bude mít oplétačky. Vždyť

14

po té nehodě dokonce slyšel někoho říkat, že se Stehlíková těsně nad jezem pokoušela sama vyfotit mobilem pravděpodobně ve snaze o nejstupidnější selfie všech dob.

„Takže co?" vyštěkl. „Obviníte mě z toho, že jsem si od potrhlé zabedněné holky nechal ukrást nefunkční vestu? Kdyby si půjčila kteroukoli z těch, co mám na skladě, a nelezla, kam nemá, tak by se jí nic nestalo!" Začínal mít vážně vztek.

„Jenže my bychom to také mohli kvalifikovat jako trestný čin těžkého ublížení na zdraví z nedbalosti," oznámila mu Rádlová a její hlas při tom skřípal jako káneo drhnoucí o říční dno. „Tu životu nebezpečnou vestu jste tam podle svých vlastních slov nechával bez dozoru, snadno dostupnou každému, kdo by ji třeba i nutně potřeboval, navíc v místě, kde by člověk očekával, že tam budou věci v perfektním stavu."

Nevěřícně zalapal po dechu.

„Ublížení na zdraví? To si snad děláte srandu!" zvolal.

„Znal jste se už před tou pondělní nehodou s Lucií Stehlíkovou, Jiřím Duškem nebo s kýmkoli dalším z jejich vodácké skupiny?"

„Cože? Ne, to tedy neznal! Kdo je ksakru Jiří Dušek?"

„Přítel Stehlíkové, který s ní sjížděl ten jez. Existuje důvodné podezření, že by mohl mít zájem na tom, aby se jí něco stalo, poněvadž se s ním údajně chtěla rozejít."

„Vážně? A proč se do toho teda snažíte zatáhnout mě?"

„Vaše vesta by se k takovému záměru mohla dobře hodit, nemyslíte? Duškovi by stačilo přesvědčit Stehlíkovou, ať si ji vezme na sebe, a pak při sjíždění jezu záměrně převrátit kánoi. Navíc nám připadá zvláštní, že jste byl na místě hned, jak k nehodě došlo. Že by špatné svědomí?" chrlila na něj svá obvinění, až se v tom ohromením ztuhlý Vydroš dočista ztrácel.

„Já vám říkám, že jsem všechny ty lidi poprvý viděl až po tý nehodě! A že jsem tam byl první? No bodejť bych nebyl, když jsem zrovna na břehu předával zákazníkům pronajatý rafty!" bránil se hlasitěji, než bylo nezbytné, a jak mu plnou měrou docházelo, do jaké polízanice se dostal, zatmívalo se mu rozčilením před očima. Snad mu teď ještě nechtějí přišít napomáhání při pokusu o vraždu! Sotva odolal nutkání štípnout se vší silou do ruky – tak absurdní mu celá tahle situace připadala.

„Stehlíková byla nicméně z jejich skupiny jediná, kdo vestu měl. A vzala si zrovna tu vaši nefunkční. To vám nepřipadá zvláštní?"

„A co já jako s tím?" škubl rameny a pokoušel se uklidnit. „Lidi jsou holt lehkovážný. Někteří vestu i helmu nosí, pro jiný je to pod jejich úroveň. Jedno vysvětlení mě ale napadá," dodal znenadání, neboť mu přišla na mysl jistá dosud čerstvá vzpomínka. „Včera jsem se za Stehlíkovou byl podívat v nemocnici a potkal jsem se tam s její mámou. Holka jí prý před odjezdem na vodu slíbila, že bude mít plovací vestu pořád na sobě. Nejspíš kecala, to je jasný, určitě by si připadala trapně, kdyby ji nosila jako jediná z party, ty mladý jsou v tomhle všichni stejný, ale co když prostě jenom chtěla mámu uklidnit, a tak u mě tu vestu šlohla s tím, že se v ní vyfotí a mámě ten snímek pošle?"

Rádlová, na niž očividně nezapůsobila ani jeho návštěva u lůžka zachráněné dívky, se zatvářila pochybovačně, jenže Vydroš ji v té chvíli sotva vnímal. Jakmile se mu totiž vybavil dojemný okamžik, kdy mu paní Stehlíková vroucně děkovala za život svojí dcery, zhoupl se mu žaludek nejasným pocitem viny. I ona se podivovala, proč se Lucie málem utopila, přestože měla na sobě plovací vestu. A on ji ještě dobromyslně poučoval o válcích pod jezem a spodních proudech! Zastyděl se a cítil, jak se mu do hlavy valí krev. Snažil se ten nepříjemný pocit zapudit a přesvědčit sám sebe, že za nic nemůže, zavřel oči, zhluboka se nadechl a pokusil se soustředit.

„Poslyšte, jak jste vůbec přišli na to, že je ta vesta moje?" napadlo ho najednou. „Je na ní přece jenom to hasičské logo."

„Dušek vypověděl, že ji měla půjčenou od vás. Alespoň tak to prý říkala," odvětila Rádlová neochotně.

Zase Dušek. Proto všechna ta podezření, pomyslel si Vydroš. „No, možná se mu nechtěla chlubit, že ji ukradla trpaslíkovi," ušklíbl se vyčerpaně.

Než mu Rádlová stačila položit další otázku, odvolali je i s Karfíkem k telefonu a Vydroš v místnosti osaměl. Přerývavě vydechl, vděčný za tuhle přestávku, a napětí v jeho hlavě trochu polevilo. Starost o to, aby se do ničeho nezapletl, však v příštím okamžiku vystřídaly výčitky a dolehly na něj vahou potápějící se lodi. Mohlo na tom něco být? Je skutečně vinen tím, že ta holčina leží v nemocnici? Zčásti určitě ano, musel si neochotně přiznat, minimálně Rádlová o tom byla přesvědčená. Měl jsem tu pitomou vestu dávno spálit, napadlo ho, a přestože jeho rozum nadále odmítal přijmout myšlenku odpovědnosti za hloupé a neopatrné chování jiného člověka, jeho podvědomí mu dál stahovalo žaludek provinilým pocitem.

Nebylo mu to příjemné – koneckonců se vždycky považoval za to, co si hodně lidí představuje pod pojmem správný chlap. Byl sousedem ochotným pomoci s těžkou prací, dobrovolným hasičem, oblíbeným táborovým vedoucím. Už odmalička byl tím slušným hochem, jenž zbožňuje mayovky a dokáže strávit celé léto vydlabáváním vyvráceného stromu do podoby indiánské kánoe. Co na tom, že se v ní po spuštění na řeku neudržel ani půl minuty, nikdo přece nemůže od dvanáctiletého kluka očekávat perfektně vyváženou loď. Co jí ale chybělo na stabilitě, to doháněla originálním zdobením – na výzdobu byl Vydroš odjakživa vysazený – a dodneška zaujímala čestné místo v jeho půjčovně na rozměrné skříni plné neoprenových kombinéz. Jeho bývalá přítelkyně se mu dokonce pokoušela zavděčit překvapením v podobě vyřazené figuríny z obchodu s dámským prádlem, kterou do lodě naaranžovala v indiánském kostýmu v předem prohraném pokusu dokázat si, že uvnitř zůstává stejným dítětem jako Vydroš. Trvalo další dva roky, než pochopila, že Vydroš bude pro vážný vztah nepoužitelný nejspíš napořád, a odhodlala se k rozchodu. Dnes už měla rodinu, a když Vydroše náhodou potkala, zdravila ho s napůl nostalgickým a napůl přezíravým úsměvem. A on si dál žil svůj život správňáckého kluka. Jenže teď možná svojí lehkovážností jiný život ohrozil.

Mimoděk mu proletělo hlavou, kolik hodin asi kriminalisté strávili vyslýcháním svědků kvůli údajným neshodám Duška a Stehlíkové, než je napadlo rozpárat tu plovací vestu. Ani se nedivil, že je proti němu Rádlová zaujatá. Nebyl žádný hrdina, jenom naivní hlupák přeceňující poctivost a inteligenci ostatních.

Rádlová v té chvíli vkročila zpět do místnosti s Karfíkem v závěsu. Netvářila se nikterak přívětivě.

„Pro dnešek končíme," oznámila mu stroze, „můžete jít domů. Zítra za vámi pošlu tady kolegu – prohlédne si ten váš seznam pronajatých věcí a podepíšete protokol."

„Takže už žádná další podezření?" neodpustil si, snad aby zarazil to sebeobviňující hlodání v žaludku.

Rádlová ho zpražila varovným pohledem, a tak raději ztichl a rychle se stáhl.

Karfík ho doprovodil ke dveřím.

„Co způsobilo ten náhlý obrat?" pokusil se Vydroš zjistit, ačkoli odpověď mohl očekávat jen stěží.

Mladík se ale kupodivu nenápadným rozhlédnutím přesvědčil, že nikdo není v doslechu, a tiše se rozpovídal.

„Víte, ono to nakonec vypadá, že si za to ta holčina může doopravdy sama – přesně, jak jste říkal. Přišel nám fax z obce, kde je hlášená k trvalému pobytu. Ta vaše vesta zřejmě nebyla prvním předmětem, který odcizila – vedli s ní několik přestupkových řízení kvůli drobným krádežím v několika místních obchodech a předpokládá se, že řada věcí se k přestupkové komisi ani nedostala. Všechny prodavačky si tam na ni prý dávají pozor, tak moc je proslavená. Kolegové před chvílí uhodili na Duška a to byste nevěřil – přiznal se, že hlídal, když k vám lezla přes plot. Prý jí ten nápad nedokázal rozmluvit." Potřásl pobaveně hlavou. „Takové vyšetřování se tady z toho dělalo a teď máme nejspíš po případu."

„Takže mě vaše kolegyně už nepodezřívá z napomáhání k vraždě?"

„Ne, ale nadšená z vás taky není," zasmál se Karfík. „Nechala se slyšet, že si tam na ty vaše životu nebezpečné dekorace ještě posvítí. Já osobně bych vám radil, abyste je odstranil nebo aspoň pořádně označil a zabezpečil."

„Díky. Oceňuju, že jste mi to všechno řekl," podal mu Vydroš ruku.

Takhle pozdě večer už k němu do vsi žádný autobus nejezdil, a tak se vydal domů pěšky zkratkou přes les. I tak měl před sebou zhruba hodinu ostré chůze, námahu však vítal, neboť si potřeboval srovnat myšlenky. Znovu se mu vybavil předčasně zestárlý obličej paní Stehlíkové sedící nad nehybným dceřiným tělem a pocit viny ho zasáhl jako rána pádlem. Věděl, že jako správný chlap by měl mít odvahu všechno jí říct, přesto si ale přál, aby se o té vestě nikdy nedozvěděla. Než vyšel z lesa, dospěl k předsevzetí, že všechny ty pitomé rádoby ozdoby hned zítra odveze do sběrného dvora. Jeho rozum se sice téhle přehnané reakci vysmíval, ale Vydroš ho uzemnil konstatováním, že tohle už víckrát nemá zapotřebí.

Když došel do vsi, byla skoro tma. Procházel ulicí vedoucí souběžně s řekou a z šera zaslechl opilecké hulákání. Mimoděk zadoufal, že to mládež s pitím dnes v noci nepřežene, a zabočil ke svému domu. Půjčovnu kvůli předvolání zavíral před koncem provozní doby, rozhodl se tam proto zajít a zkontrolovat záznamník a e-maily. Nebylo výjimkou, když mu zákazníci dali ještě pozdě večer vědět, že potřebují mít druhý den ráno přichystanou loď.

Bránu do dvora našel rozraženou dokořán, dveře půjčovny byly pootevřené a zámek vypáčený. Vydroš ztuhl – copak u něj policie dělala domovní prohlídku, zatímco byl u výslechu? Mají na to vůbec právo? Jenže na způsobu provedení mu něco nesedělo. Pomalu vešel dovnitř, nahmatal vypínač a místnost zaplavilo světlo. Zalapal po dechu.

Skříň s neoprenovými kombinézami někdo převrhl a na zemi ležela obličejem dolů figurína Indiánky s rukama a nohama rozhozenýma v nepřirozených úhlech. Několikeré zablácené otisky bot a rýhy v podlaze napovídaly, kudy zloději odtáhli napodobeninu indiánské kánoe. Vydroš se prudce otočil a udělal pár kroků ze dveří směrem k řece, kde se stopy ztrácely ve tmě.

Za jiných okolností by ho nejspíš příjemně překvapilo, jak dlouhou vzdálenost dokázala urazit ta stará kánoe s podnapilými chlapci napodobujícími indiánský pokřik na palubě, než v oslňujícím finále svojí existence sjela z jezu a roztříštila se o kámen uprostřed řeky, který v noci nebyl vidět, a jemuž by se nejspíš nemohla vyhnout ani ve dne. On však měl před očima jen sterilní nemocniční pokoj s nehybným tělem připojeným k tiše sípajícímu respirátoru. A výmluvný výraz kriminalistky Rádlové, která s ním tentokrát nebude mít slitování. Sprostě zaklel a rozběhl se k řece.

Od jezu zaznělo vyděšené volání.

Eva Maříková

Dřevěný příběh

Řach! Takhle velkou ránu o kámen jsem ještě nikdy nedostal. Na chvíli jsem se vynořil nad hladinu a uviděl bouřící vodu peřejí a vedle mě bok modré laminátové kánoe. Pak už jsem byl zase pod vodou. Tentokrát nebyl záběr doplněn žádnou ranou o šutr. A že jich v téhle peřeji je požehnaně. Ale Franta je dobrý vodák. Tu jednu ránu o kámen mu nemůžu nijak zazlívat. Každý jen trochu méně zkušený vodák by tady rozlámal nejen pádlo, ale i celou loď. Nořím se do vody a z vody s pravidelností dobře namazaného stroje. Řeka se klidní a peřej je už za námi. Měl bych si vydechnout, ale necítím se dobře. Ta rána o kámen byla vážně pořádná šlupka. Obávám se, že se to neobešlo bez následků. Jasně cítím velkou prasklinu, přes kterou protéká voda a tak už mé záběry nejsou tak rázné, jak by měly být. Franta mě tahá z vody a pokládá na bort. Smutnýma očima mě zkoumá a pak z jeho rtů vyjde jasný verdikt.

„To bude asi tvůj konec, starý kamaráde.“

Mně je to jasné už nějakou chvíli, jen jsem si to nechtěl přiznat. Ale je čas pohlédnout pravdě do očí. Tohle poškození nespraví žádný tmel, žádný brusný papír nebo nový lak. Jedno staré dřevěné pádlo právě končí svojí životní cestu.

Asi bych měl být smutný, ale ani vlastně nejsem. Měl jsem krásný život. Je to nepočítaně let, co jsem byl stvořen v jedné malé dílničce. Já a jen pár mých sester a bratrů. Už o nás nebyl takový zájem. V popředí zájmů všech vodáků v té době už byli naši vzdálení příbuzní. Vyrábění z plastů, duralu, hliníku a bůhvíjakých ještě materiálů. Dřevěná pádla byla na ústupu.

K Frantovi, svému majiteli, jsem se dostal jako svatební dar. Skupinka kamarádů mě Frantovi předala poté, co vyšel v černém kvádru z radnice, doprovázen nevěstou v bílých šatech. Na sobě jsem měl červenou stuhu, a když mě Franta poprvé vzal do ruky, zdálo se mi, že na mě kouká poněkud smutně. Ale možná to byl jen můj dojem, stejně jako to, že nevěsta na mě hledí se špatně skrývanou záští.

Měl jsem jen nejasnou představu o tom, co je mým účelem na tomto světě. Prvních několik let svého života jsem strávil v dřevěné víkendové chatičce, zavěšený na skobičce na stěně vedle krbu. Dlouhé dny, týdny a někdy i celé měsíce jsem zde byl sám a jen na mě pomalu padal prach. Frantu jsem vídal jen výjimečně, když přijel na den nebo dva. Někdy i se svojí manželkou, ale většinou sám. Vždy ze mě láskyplně setřel všechen prach. Občas mě sundal ze stěny a cvičně se mnou máchl ve vzduchu. Při tom pohybu se ve mně něco povědomého probouzelo. Byl jsem zmatený. Jako kdybych nebyl určený jen k tomu viset na stěně jako ozdoba.

Tak to bylo několik let. Kdo by to přesně počítal? Pak Franta začal navštěvovat chatu častěji. Občas pozval i nějaké kamarády. Rozdělali oheň v krbu, popíjeli pivo, hráli na kytary a zpívali krásné písně. Takovéto chvíle jsem si užíval i já. Nemohl jsem zpívat, ani si povídat a tak jsem jen poslouchal jejich vzpomínání. Jak zamlada jezdili na vodu, jakou řeku pokořili, kolikrát se cvakli, kolik piv a rumu proteklo, kolik krásných holek potkali v kempech. Nechápal jsem moc, o čem mluví, přesto mě jejich vyprávění tak nějak přitahovalo.

Pak zase nastalo období, kdy Franta na chatu nejezdil vůbec. Prach ze mě nikdo nestíral a upadal jsem v letargii. Stýskalo se mi po ohni v krbu, po melodii strun kytar, cinkání pivních lahví. Ale nejvíc se mi stýskalo po rukách Franty, když se mnou tak divně máchal ve vzduchu.

Jednoho dne se Franta objevil v chatě a kromě batohu, se kterým jsem jej obvykle vídal, táhl ještě dvě velké tašky. Když se pak v chatě začal zabydlovat, bylo zřejmé, že to nebude jen na dva nebo tři dny. A také mi přišel smutnější než kdy jindy.

Několik příštích týdnů bylo zvláštních. Franta byl se mnou stále, ale přitom jako by byl duší jinde. Nikdy mě nesundal ze stěny. Několikrát za ním přišel nějaký z kamarádů, ale jejich společné debaty už nenarušovaly salvy smíchu, ani zpěv. Neslyšel jsem úplně vše, ale pochopil jsem, že od Franty odešla jeho manželka. A pomalu s veškerým majetkem. Zbyla mu jen víkendová chatička. A v ní já.

A pak nastal ten den. Nevím, co se změnilo. Možná nic, prostě jen uzrál čas. Franta mě sundal ze stěny. Pak mě dlouho třel jemným smirkovým papírem. Odpadal ze mě drobný prášek, ale nebylo to nepříjemné. Spíše naopak. Pak mě Franta natřel nějakým lakem a nechal mě vyschnout. Při práci si spokojeně pohvizdoval. Byl jsem napjatý jako nikdy. Podvědomě jsem věděl, že mě čeká něco, co úplně změní můj život.

Druhý den dopoledne mě Franta vynesl z chaty a položil na dno podivné věci vyrobené z laminátu. Nikdy předtím jsem to neviděl, ale tušil jsem, že já a tahle věc k sobě patříme. Byla to Frantova kánoe. Modře natřená, s bílým názvem na přídi. Kráva. Mě to nepřišlo nijak zvláštní, až později jsem pochopil, že to není úplně běžné jméno pro loď. A že to je poslední vzpomínka na jeho manželku.

Na podivně vrzajících kovových kolečkách dostrkal Franta Krávu k řece. Spustil loď na vodu a nastoupil. Kráva se celá rozkývala, ale Franta vypadal spokojený. Vzal mě do rukou a pak se mnou máchl stejným způsobem, jakým to občas dělal v chatě. Tentokrát jsem neplachtil jen vzduchem. Když jsem se poprvé ponořil do vody, bylo to něco nepopsatelného. Euforie, obrovská slast. Během té první vteřiny jsem poznal, že tohle je ta věc, kvůli které jsem na světě. Pro tohle jsem byl stvořen.

Franta mě v pravidelných intervalech táhal ven a zase nořil do křišťálových vod řeky. Vedle mě voda spokojeně šplouchala do boku Krávy a ta, poháněna mnou, pelášila po řece. Čas od času mě Franta úplně vyndal z vody a položil na borty Krávy. Odkapávala ze mě voda a kapičky po stěnách kánoe stékaly zpět do řeky. Franta spokojeně a zhluboka dýchal čerstvý vzduch, mhouřil oči proti pálícímu slunci a vypadal tak spokojeně, jako jsem ho nikdy neviděl.

A od té doby se změnil náš život. Franta zase začal být veselý, opět za ním chodili kamarádi. Oheň v krbu hořel každý večer. V týdnu odcházel Franta přes den pryč a vracel se někdy až k večeru. Ale víkendy byly pravidelně naše. Vyráželi jsme spolu na vodu, kdykoliv to jen bylo možné. Nořil jsem se do vod řeky, které byly tak křišťálově čisté, že jsem viděl až na dno a občas vyplašil nějakou rybku nebo i raka. Jindy jsem musel zabírat ve vodě zakalené od naplavené zeminy a několikrát i ve smrduté vodě plné mastných skvrn. Většinou ale Franta vybíral řeky, kde bylo radostí nořit se do vln.

Zažil jsem akce, kdy společně s Frantou, Krávou a mnou jela hromada dalších vodáků. Kolem se míhala spousta pádel, ale všechno to byli jen moji vzdálení příbuzní z umělých hmot. I Frantovi dávní kamarádi postupně přešli na moderní pádla. Bál jsem se okamžiku, kdy i mě Franta vymění, ale nikdy se tak nestalo.

Užíval jsem si večerní pohodu, když jsem ležel v trávě, kus ode mě praskal oheň, hrály kytary a zpěv vodáků se linul k černé obloze poseté miliardou hvězd. Jaká byla lahoda, když občas na můj list položil Franta dočerna opečený špekáček a nožem jej krájel. Nůž někdy jemně zajel i do mě, ale nikdy to nebolelo. Naopak jsem mohl lépe nasávat vůni i šťávu z opečené pochutiny.

Zažil jsem na řece situace, kdy se Kráva řítila divokou peřejí a Franta na mě musel nalehávat, přitahovat a odkopávat, abychom se vyhnuli všem kamenům, které se nám stavěly do cesty. Zažil jsem i dlouhé a nudné voleje, kdy jsem se monotónně nořil do vod a z druhé strany jsem byl skrápěn potem řinoucím se z Frantových rukou.

Společně jsme sjížděli šlajsny, propustě, malé i větší stupně, rybí přechody a všechny možné i nemožné překážky, které nám řeka nebo lidé, řeku regulující, postavili do cesty.

Ne vždy se to obešlo bez menších karambolů. Občas prostě zvítězila řeka a podařilo se jí Krávu převrátit. Při takových příležitostech mě Franta nikdy z ruky nepustil a nenechal, aby mě voda odnesla. Vždy se v takových chvílích spokojeně smál, odtáhl Krávu na mělčinu a tam z ní vylil vodu.

Někdy musel opravovat drobné škody, které Kráva utrpěla. Při nanášení tmelu na laminát si vždy tiše a vesele hvízdal. A nezapomněl pečovat ani o mě. Občasné menší nárazy o kameny a také můj věk se prostě musely projevit. Smirkový papír, lak a nakonec i tmel. Přesto všechno jsem byl pořád plný života a ochotný kdykoliv se ponořit do vod řeky, pořádně zabrat nebo rychle zakontrovat.

Ale zřejmě každý příběh, i ten nejkrásnější, má svůj konec. Tohle poškození už nic nespraví. Možná kovová obruč, ale to by bylo jen dočasné řešení. Kráva tiše pluje po řece a já ležím položený přes borty a očekávám rozhodnutí Franty. Svého majitele, pána a kamaráda. Skončím v krbu, v popelnici nebo budu na zahrádce podpírat vzrostlé stonky rajčat?

„Co se dá dělat, kamaráde," pronese pomalu Franta a jeho ruka mě jemně pohladí. Je to už jiná ruka než ta, která mě pohladila poprvé před lety. Scvrklá, se stařeckými skvrnami, mírně se chvějící. I tvář, která mě sleduje, vyhlíží jinak. Vrásčitý obličej a sněhově bílý vous. Ale oči lemované hlubokými vráskami mají pořád stejně modrý třpyt a koukají na mě stejně, jako celé ty dlouhé roky. Když ty oči vidím, je mi jasné, že se nemusím bát, jak skončím.

„Je načase pověsit tě zase na zeď," povídá Franta, naposledy mě noří do vody a míří ke břehu.

Na těch posledních pár metrech naší společné cesty si připadám zase jako úplně nové, pevné a hladké pádlo, řízené silným stiskem rukou mladého vodáka.

Pavel Gregr

Vodácký placebo efekt

Houslista Jiří Adámek se stal koncertním mistrem symfonického orchestru ještě před svými čtyřicátými narozeninami a byl na tento fakt neskutečně hrdý. Vynikal totiž vždy umanutostí a asketickým způsobem života směřujícím k jedinému cíli – prvním houslím. K daru shůry v podobě absolutního hudebního sluchu přidával již od útlého mládí obrovské penzum píle a pracovitosti a svůj houslový svět intervalů a tónů opouštěl jen zřídka. Díky tomu však vedl poměrně osamělý staromládenecký život. Konzumní hudbou zvysoka opovrhoval a tak jediný kontakt s okolním světem zajišťovaly mu pravidelné každoměsíční nedělní obědy u jeho sestry.

Adámkova jen o necelé dva roky mladší sestra Jana byla houslistovým pravým opakem. Ač vybavena do života stejnou dávkou talentu, cíle jejích zájmů byly daleko rozsáhlejší. Toho času již rozvedená, ale přesto veselá a družná máma od dvou dospívajících dětí, podnikala spoustu akcí sportovních i kulturních a každou volnou chvíli trávila někde v přírodě. Ať již navlečena do starých maskáčů na trampu nebo ve vytahaném námořnickém triku jako součást party zdolávající kdejaký říční tok.

„Už se na tebe nemůžu dýl koukat, v létě tě vezmu s partou na vodu! Je ti čtyřicet a jseš jak chrastítko!" oznámila Adámkovi Jana nekompromisně, až koncertnímu mistru zaskočilo.

27

Vidličkou posunoval knedlík po talíři, odkrývaje tak pod omáčkou malbu sestřina svátečního servisu a tvářil se jako děcko, kterému vzali bonbón. Vzdorovat se však neodvážil. Ujištěn skutečností, že veškeré vodácké vybavení mu bude zapůjčeno, vyrazil zkoprněle k domovu. „Vezmeš si skřipky a něco nám brnkneš," volala ještě z okna za Adámkem sestra.

Léto bylo v plném proudu a ve vodáckém kempu panoval čilý podvečerní ruch. Veselé kakofonní kulise, složené z družných vodáckých debat, hučení jezu, zatloukání stanových kolíků, chrastění ešusů a dutých úderů při shazování lodí z vleků dominoval přeci jen ponejvíce hlahol od výčepního stánku. I houslista Adámek, jenž právě dobojoval s prekérní výstavbou svého zapůjčeného kopulovitého přístřešku, vyrazil dle pokynů své sestry v ústrety osvětleného okénka. Nalézala se tu již celá parta, která se měla stát v příštím týdnu Adámkovým zasvětitelem do tajů vodáckého života.

„No to je dost! Ber místo!" zahlaholila sestra Jana, velitelským gestem posunula na lavici šestici vodáků a do vzniklé mezery bratra vpasovala. Vzájemného představování, lomení palců i poplácávání po rameni bylo nepočítaně, jména i přezdívky létaly vzduchem a na závěr uvítacího ceremoniálu přistála před Adámkem láhev s nazelenalou tekutinou.

„To je křtící nápoj. Pij!" rozkázal chlapík v admirálské čepici, sedící v čele.

Adámek požil podivnou tekutinu a zesinal. Co to proboha je?

„Klídek. To je jen peprmintka s francovkou v osvědčeném poměru 1:1," oznámil Adámkovi naproti sedící chasník s mandolínou na krku.

„Musíš dát tři loky," dodal vzápětí.

To asi nedokážu, pomyslel si Adámek.

„Tady Begár je tvůj nový kormidelník, tak ať nemá na přídi žádnou sušinku," ukázal Admirál směrem k zarostlému mandolinistovi.

Ten se právě pokoušel naladit svůj léty omlácený nástroj pomocí jediného plastového kolíčku, který střídavě přemisťoval na ladící mechaniky jednotlivých strun. Když se zdál být s výsledným zvukem spokojen, uklidil plastový kolík do krabičky a prohrábl struny. Jako na povel se na klínech vodáků objevily kytary a rozjela se pravá vodácká zpívaná. Adámek se svým vytříbeným sluchem byl v šoku. V krku ho pálilo z jedovatého nápoje, uši mu trhal nástrojový nesoulad a nejvíce trpěl z výkonu mandolinisty. Tak s tímhle mám strávit celý týden a ke všemu na vratké lodi. Kormidelník Begár, který právě dozpíval svým cigaretovým hlasem ryčnou píseň o bukanýrech, oslovil Adámka:

„Tak co ty housle, držíš ten futrál jak největší svátost a ještě jsi nebrnknul. Dojdu ti pro nějaký posilovač!"

Adámek si povzdychl, ale když před něj Begár postavil panáka tentokráte nahnědlé tekutiny, vyjmul své milované housle z futrálu. Dotáhl smyčec a jal se ladit. Ostatní muzikanti nečekali a spustili bujarou píseň o desperátech. Adámek se celkem bez problémů do jednoduché harmonie přidal a vykouzlil na svůj nástroj pár svižných sjezdů, které do skladby skvěle zapadly. Všichni byli plni nadšení a radovali se, jak jim to krásně šlape. Ne tak Adámek. Po pauze oslovil mandolinistu:

„Pane Begáre, proč si nedotáhnete to déčko a naopak nepodladíte éčko?"

Kormidelník Begár zkoprněl a zůstal na Adámka civět se spadlou bradou.

„Tak předně, pane Housle," oslovil Adámka, když se mu brada opět vrátila do normálu, „tady si tykáme a naladit tuhle voprejskaninu není až tak jednoduchý! Budeš to muset nějak vydržet."

A na důkaz svých slov spustil náročnou mandolínovou instrumentálku. Adámek přijal nevyslovenou výzvu, zatnul zuby a přidal se. V čele sedící Admirál založil ruce, spokojeně pokyvoval hlavou do rytmu a co chvíli posílal rychlé spojky k okénku pro další životabudiče. Sympatická vodačka z jiné party házela po Adámkovi očkem. Nálada díky rozjeté kapele gradovala a spát se šlo až hodně po půlnoci.

Namožená záda z neodbytného pocitu nutnosti vyvažovat vratkou loď, v hlavě tisíc permoníčků kutajících vysoko nad plán, střídavé návaly chladu a horka. Unavené oči navyklé svižně odezírat z houslových partitur nyní stěží odolávaly odrazům slunce na říční hladině. Adámkovi nebylo dopoledne vůbec dobře. Na alkohol nebyl zvyklý a všudypřítomný pocit možného převrhnutí psychice také příliš nepomáhal. Seděl toporně na špici Begárovy lodi a co chvíli kontroloval lodní pytel se svým drahocenným nástrojem. Utopení brýlí při nasedání do lodi si doteď nedokázal zcela rozumně vysvětlit. V pravidelných intervalech namáčel dlaň a chladil zátylek, ale bez většího efektu. Bodavá bolest hlavy neustávala. Se splihlým slaměným kloboukem, kterým jej ráno obdarovala sestra, vypadal jako prototyp neštěstí.

„Házíme kotvu!" vydal rozkaz Begár a mávl na admirálskou keňu uzavírající jako vždy flotilu lodí. „Sejdeme se na oběd v hospodě ve vsi, musím odložit zátěž," volal Begár směrem k Admirálovi.

„Tak hodně štěstí v peřejkách," usmála se na Adámka sestra Jana coby Admirálův háček.

Begár obratně zamanévroval lodí k ústí potoka a najel špičkou lodi na písčitou mělčinu. Zanořil se do barelu a poté, co objevil svou papírovou spásu, vyrazil pro jeho rozložitou postavu celkem netypickým drobným krokem směrem k houštinám, kde hodlal vyhledat tolik potřebné soukromí.

„Prášky na bolest hlavy mám volně vysypaný v tý pixle navrchu barelu," stačil ještě upozornit Adámka, než se za ním zavřelo křoví.

Adámek nahmatal v plechovce pilulku, zapil ji zteplalou vodou z petlahve a sedl si do stínu na břehu. Pozoroval v dáli za ohybem řeky mizející sestavu lodí a jakoby teprve nyní skutečně začal vnímat realitu. Sice se vedrem nepohnul ani lístek, ale díky řece a ustupující bolesti hlavy bylo horko najednou snesitelnější.

„Ahóój," ozvalo se z projíždějící lodi, „krásně jsi včera hrál. Doufám, že to večer zopakuješ," projevila přání sympaťanda ze včerejšího večera. Adámek se toho dne poprvé usmál. Jak dlouho já vlastně nebyl v přírodě? Ten okolní klid – klid před zdánlivou bouří jej inspiroval. Přešel k lodi, vyjmul z lodního vaku svůj opečovávaný nástroj a dopřál v houští skrytému Begárovi trochu klasiky. Příhodně zvolil sonátu Léto z Vivaldiho Čtvera ročních období a na několik dlouhých minut se cele poddal hudbě, takže se opravdu lekl, když Begár velel k odjezdu.

„Pěkně hraješ," byl pochválen Adámek, „ale čeká nás pohoupaná na peřejích a potom příma kuchyně! Vyhládlo mi, nasedej!" Adámek uklidil housle do futrálu, futrál do igelitového pytle a vše poté do lodního vaku, který zasunul hluboko do špičky lodi. Odrazili od břehu. Begár zažehl obligátní cigaretu a stočil loď po proudu. Hned za ohybem se řeka zužovala a musela se vměstnat do poloviční šířky. Následek tohoto zúžení, tedy vlny a zrychlující se proud, byl pro každého vodáka pastvou pro oči.

„V klidu píchej, vody je dost, jenom to párkrát zhoupne," velel Begár těsně před tím, než si je proud vzal. Adámek se snažil plnit rozkaz. Pádlo držel jako štít před sebou, křečovitě jej svíral a bázlivě vyhlížel první vlny. První zhoupnutí doprovodilo Begárovo natěšené zavýsknutí, druhé zhoupnutí Adámkův panický řev a na třetí vlně to již koncertní mistr nevydržel. Pustil se rukou pádla a chytil se límce lodi, očekávaje stabilizování rozdováděné laminátky. Poslední, co zaslechl, než se nad ním zavřela voda, byl Begárův již ne tolik optimistický křik. Co to je bort a proč se ho nemá držet se už Adámek nestihl svého kormidelníka zeptat. Letěl proudem chvíli nad a chvíli pod vodou, marně se snažil zorientovat a řídit směr své nedobrovolné plavby. V jednu chvíli zahlédl před sebou loď, avšak dnem vzhůru. Proud jím znenadání smýkl ke straně, kde naštěstí bylo vody méně a tak Adámek mohl řece lépe vzdorovat. Brodil zoufale ke břehu a to, že stále nepustil pádlo, nelze jistě přičítat znalosti vodáckého desatera. Na vysoký podemletý břeh nedokázal Adámek vylézt, a tak se otočil zpět k řece a rozhlédl se. Jedinou známou věc, co spatřil, byla okolo poklidně plovoucí mandolína. Zmocnil se jí a vylil z ní vodu. Nebýt adrenalinu napumpovaného v žilách, jeho přirozenou reakcí by byl pravděpodobně pláč. Takhle jen po kolena ve vodě podupával sem a tam, v jedné ruce pádlo, v druhé mandolínu a byl zmatený jako Goro před Tokiem.

Takto Adámka objevil Begár, který se prodral zarostlým břehem proti proudu.

„Tak jsi celej! Prima. A pádlo i mandolínu máš. Dvakrát prima. Taky pro tebe něco mám," zvolal Begár a zvedl do výšky lodní pytel.

„Mé housle!" vytřeštil oči Adámek a nebýt vysokého břehu, asi by Begára radostí objal.

„Spusť se vodou podle břehu, máme zakotveno o něco níž. Musíme vylejvat!" nezdržoval se Begár a opět se ztratil v houští.

Celá parta se v hospodě u oběda náramně bavila na účet trosečníků, kteří spluli peřeje netradičním způsobem. Begár se poté, co vdechl guláš s pěti a jedno orosené, tvářil celkem spokojeně, Admirál se blahosklonně usmíval, sestra Jana objímala Adámka a koncertní mistr objímal futrál, očekávaje z úst svého kormidelníka výši trestu. Obával se, že po zbytek týdne bude muset právem trpět. Ale kdepak Begár! Poručil si kávu s malým rumem, popadl mandolínu a směrem k Adámkovi zahalasil: „Tak kde jsme to včera skončili? Vyndej housle, oslavíme tvé první cvaknutí písní!" Pak sáhl po své oprýskané krabičce.

Že bude přeci jen trpět, došlo Adámkovi záhy.

„Tak tuhle madolínu už nenaladíme!" prohlásil rezolutně Begár.

„Rozklížila se?" ptal se směsí obav i radosti Adámek.

„Houby rozklížila. Pane koncertmajstr, vy jste namísto pilulky polkl dopoledne můj ladící kolíček!"

Václav Mišik – Ervín

Lávka přes rozbouřený vody

Jaro vtrhlo do celýho kraje s brutální silou a hladově se zakouslo do bohatý sněhový nadílky. Díky tomu se údolím Sobotnice a jejích přítoků přehnala povodeň, a my teď procházeli naše trampský teritorium, abysme zjistili, co napáchala. Na březích bylo vidět, že ještě před pár dny byly okolní louky pod vodou, i když teď už byla Sobotnice zpátky v korytu. Pravda, vešla se tam tak tak.

Nepříjemný překvapení nás ale čekalo u soutoku s Radostínským potokem. Lávku, po která nás po léta bezpečně převáděla přes rozbouřenej tok a vedla nás na pěšinu do našeho Divnýho údolí, živel smetl.

„Tak, a máme po žížalkách! Jak se dostaneme na druhou stranu?" ptal se Hároš.

„Postavíme novou," neváhal ani na vteřinu věčnej budovatel Hastrman, „přineseme nářadí a za odpoledne ji máme hotovou."

„Ale nářadí s sebou nemáme, víš?"

„Je na boudě!"

„Jenže bouda je za vodou."

To Hastrmana na chvíli zarazilo, pak beze slova shodil uzdu a s rozběhem a odrazem od zbytků původní lávky přeskočil na druhej břeh. Při pohledu do zpěněný vody jsme neměli nejmenší chuť to po něm opakovat.

„Počkejte na mě, za chvíli jsem zpátky!" jenom houknul a zmizel v Divným údolí.

Opravdu mu to netrvalo dlouho, a Hastrman se už promenoval s nářadím po druhým břehu a okukoval terén.

„Mám nápad," zavolal po chvilce, „co když ji tentokrát postavíme níž po proudu, až za tou zatáčkou?"

Jeho návrh měl něco do sebe. Sobotnice tady dělala prudkej ohyb doprava a v přístupu k původní lávce bránily ruiny spáleného Noháčova mlýna. Pro nás to znamenalo vždycky projít vysokýma kopřivama podél břehu a na druhý straně pak brodit Radostínskej potok, abysme se dostali na pěšinu podél ně ho. Nová poloha lávky tohle eliminovala, takže když už ji musíme stavět od začátku, proč toho nevyužít? Dali jsme se do práce.

Stavba nešla tak rychle, jak si Hastrman maloval. Do večera jsme měli přes potok jednu silnou kládu, pevně uchycenou balvanama k břehům a připravený dříví na dokončení.

V neděli kolem poledne bylo hotovo. Lávka byla bytelná, díky svojí šířce a zábradlí pohodlná a bezpečná. Stáli jsme hrdě na ní a zírali do rozvodněného potoka.

„Někoho slyším," oznámil najednou Hároš.

Měl pravdu, proti proudu Sobotnice bylo slyšet, jak na sebe pokřikujou dva mužský hlasy.

„To vypadá na Ježka a Slepejše," konstatoval Hastrman, „to je dobře, pokecáme."

Oba zmíněný kamarádi jsou členy spřátelený osady T. O. Šakali a my je na Sobotnici často a rádi potkáváme.

Hároš dál špicoval uši.

„Jedou na lodi! Ti se mají, trefili pěknou vodu," řekl závistivě.

„To je rychle přejde!" vyhrknul jsem, když jsem si uvědomil situaci, „o týhle lávce neví a nevejdou se pod ni!"

„A doprčic!" zařval Hastrman a startoval jim po břehu naproti. Pozdě! Vzápětí se ze zatáčky vyřítila indiánka, jejíž posádka měla plný ruce práce s kormidlováním a vyrovnáváním kopance, kterej jim z levý strany uštědřil rozvodněnej Radostínskej potok. Zůstali jsme s Hárošem na lávce a tak viděli jejich nefalšovanej úžas v očích, brzy vystřídanej hrůzou. Na nic víc jim čas nezbyl. Dali sice kontra, ale i tak během vteřiny narazili do lávky, stočili se bokem a silnej proud je pod ní podroloval.

„Kterej blbec tady postavil tu lávku?" prskal vzteklej Ježek na břehu, když jsme je vylovili.

„To jsi udělal schválně!" obvinil Hastrmana poté, co ten se přiznal k autorství nápadu.

Jeho kamarád si zatím vyčistil neuvěřitelně silný brejle a starostlivě prohlížel loď. Byla jeho miláček. Slepejš, známej znalec Setona, si ji postavil úplně sám, po vzoru indiánskejch kánoí a byl na ni jaksepatří pyšnej. Měl bejt proč. Nejenže vypadala naprosto úžasně, ale dokonce bez viditelný úhony přestála tenhle hrůzostrašnej karambol. Až potom, co si zkontroloval každý prkýnko, každou výztuhu a malovaný zdobení, se nechal převlíct, dát si sušit věci a zabalit se do spacáku.

„Máš štěstí!" pronesl temně k Hastrmanovi, „stát se něco mojí lodi, tak tě tady vykuchám jako rybu."

Oba jsme je napájeli grogem a Hastrman se pořád omlouval, že je nestačil varovat.

„Jenže stejně je to blbost, postavit lávku takhle za zatáčkou v peřeji, to dřív nebo pozdějc odnese další loď."

„Tak tam dáme ceduli," navrhnul jsem.

„To je na houby, muselo by se zastavit už před zatáčkou a přetahovat to kolem mlejna. Je to hrozná dálka a ještě přijdeme o jeden z nejzajímavějších úseků," brblal dál Ježek a měl pravdu.

„Přesně tak!" podpořil ho Slepejš, „ta lávka musí pryč. Postavte ji tam, kde byla."

„Tak to ne, nám se líbí tady," protestoval bojovně Hastrman a hodlal bránit svůj výtvor se zbraní v ruce.

„Tak si to vymysli jinak, ale tenhle zabiják tady zůstat nemůže!" ukončil diskuzi Ježek.

To byla pro Hastrmana výzva. Hned po návratu z vandru se sešel s Česnekem, vzápětí se oba začali tvářit tajemně jako hrad v Karpatech. Celej tejden jsme je vídali skloněný nad velkými archy papíru, kam čmárali plánky a schémata. Před náma to schovávali. Prej překvapení. Na víkend pak zmizeli na Sobotnici, obtíženi lanama, hřebíkama a nářadím.

V pondělí vítězoslavně hlásili, že problém je vyřešen. A protože obleva pokračovala, vyzvali oba plavce, aby si námi překaženou vodu zopakovali.

„Aby to nebyl zase nějakej podraz," tvářil se krajně nedůvěřivě Slepejš.

„Víte co? Pojeďte taky! Ať máme jistotu," vyzval nás Ježek.

Mrkli jsme na sebe s Hárošem a bylo rozhodnuto. V sobotu ránu jsme vyložili lodě pod mostem u Novýho mlejna a šli se podívat těch pár kilometrů dolů po proudu k mlejnu Noháčovu, co že to tam vlastně Hastrman s Česnekem vybudovali. Už tam byli a jejich dílo úplně překonalo i naše nejbujnější představy. Nad vodama Sobotnice se vznášela soustava klád a provazů, podivně promotanejch, na koncích provazů ve vzduchu levitovaly bedny se šutrama, o kus dál byl na stromě zavěšenej sud, do kterýho vedly z potoka trubky.

„To je zvedací most," poskakoval pod tou obludou Hastrman a nadšeně mával rukama, „až pojedete, před zatáčkou zatáhnete za tohle lano, tím se uvolní západka a ty šutry rychle zvednou lávku nahoru. Současně se do vody ponoří trkač, kterej bude do sudu čerpat vodu. Jakmile ho naplní, ten svojí váhou přes kladku převáží bednu s kamenama a lávka zase klesne dolů, západka ji zajistí a sud se vylije. Na projetí máte tak pět minut."

Vypadalo to hrozně složitě a nikdo z nás tomu moc nevěřil. Ale když Hastrman zatáhnul za ovládací provaz, světe div se, fakt to fungovalo!

„To je jasný, že to funguje!" prohlásil Česnek, „Hastrman sice přišel s nápadem, že uděláme zvedací most, ale mechanismus jsem vymejšlel já!" dodal hrdě.

„No tak to tedy zkusíme," souhlasil neochotně Slepejš, „ale jedete první!" ukázal na nás.

Než jsme došli zase k Novýmu Mlejnu, já nafouknul mojí Pálavu Princeznu a všichni se převlíkli se do vodáckýho, chvilku to zabralo. Dokonce tak dlouhou chvilku, že Hastrman začal bejt nedočkavej. Nervózně pobíhal po lávce, popotahoval za provazy, zkoušel, jestli jsou správně napnutý a nikde nedrhnou. Dalo se do deště.

Konečně jsme vypluli a během půlhodinky jsme ve svižným proudu dorazili k lanu. Hároš na háčku chytil provaz, silně zatáhnul a my slyšeli dřevěný vrzání, jak se mechanismus lávky dal do pohybu. Vše by fungovalo tak, jak mělo, nebejt jedný maličkosti. Nervózního Hastrmana na lávce. Stál tam, přes ramena přehozenou celtu a vyhlížel nás. Rameno lávky se zvedalo, napřed sice trochu lenivě, ale pak přeci jen postupně nabíralo rychlost. Jeho uložení nebylo na váhu klády i s Hastrmanem dimenzovaný, takže boční kůl, vymezující pohyb ramene, povolil a naklonil se. Hastrman přestal být zvedán kolmo a místo toho se pohyboval šikmo po balistický křivce v úhlu pětačtyřiceti stupňů. Vyřítili jsme se ze zatáčky právě v okamžiku, kdy rameno dosáhl svý maximální vejšky a Hastrman se od něj oddělil. Přeletěl nám nad hlavama a my bezpečně pod lávkou projeli. Míň štěstí ale měla indiánka za námi. Maskáčovej Batman na sestupový dráze minul na háčku sedícího Ježka, zadkem přerazil šprajc a přistál uprostřed lodi přímo před vyděšeným Slepejšem. Před větší tělesnou újmou ho naštěstí uchránil náhradním oblečením nacpanej loďák, indiánskou kanoi ale nic uchránit nemohlo. Osmdesát kilo živý váhy těžce dolehlo na loď a přirazilo ji přímo na šutr v peřeji. Ozvalo se zlověstný křupnutí, následovaný šplouchancem, jak se zmrzačený plavidlo i s posádkou převrátilo na bok. Posádka byla vykrysena do nelítostného živlu, kanoe se stočila napříč proudem a zahnutou špičkou se zachytila za vychýlený rameno lávky. Souboj poškozený lodi se silou vody nemohl dopadnout jinak, než dopadl. Týraná konstrukce za srdcervoucích zvuků povolila a dole po proudu to chvíli vypadalo, jako když se sirkárnou požene povodeň.

Přistáli jsme, jak nejdřív to šlo. U lávky už Česnek vytáhnul naštvanýho Ježka i otřeseného Hastrmana a na břehu ležely zdevastovaný trosky kdysi nádherný indiánský kanoe. Jen její stavitel chyběl.

„Kde je… je… Sle- slepejš?" jektal zubama otřesenej Ježek.

„Do háje, někde se topí," zděsil se Hastrman a vyrazil po proudu. Cestu mu zastoupila děsivá postava, která jakoby vyrostla ze země. Obalená bahnem a suchou trávou, ze který svítily vyvalený oči a vyceněný zuby. Slepejš nebyl k poznání i díky tomu, že mu chyběly na nose popelníky, který nosil místo brejlí. A to byla Hastrmanova klika. Slepejš, kterej ho viděl jenom jako nezřetelnej stín, zuřivě mával pádlem, vydával neartikulovaný zvuky a řítil se na něj. Vběhnul přímo do trosek lodě, zakopnul a hlavou se praštil o příď. Poznal, na čem leží. Zavzlykal, vymrštil se a zařval.

„Hastrmane! Už zase! Teď jsi to určitě schválně udělal, tohle už nemůže bejt náhoda! Ty vrahu ušlechtilých lodí, ty šmejde mizernej, ty kryso, přiznej se, já tě zardousím, já tě rozčtvrtím!"

A pak už jsme jenom sledovali dvě postavy, jednu zoufale prchající a druhou zuřivou a ozbrojenou pádlem, kterak mizí v lese nad potokem.

Ježek přistoupil k Česnekovi a položil mu otázku, které ho naprosto vyvedla z míry, protože tak prostá věc ho jednoduše nanapadla.

„Poslechni, vysvětli mi jednu věc! Proč jste, proboha, stavěli takový monstrum? Katapult? Proč jste jednoduše tu lávku nezvedli o metr vejš?"

Jan Frána – Hafran

40

Francouz

„Jo a zeptej se ho, jestli vůbec jezdil na lodi," halekal Mrkváč do mikrofonu mobilního telefonu. Do střechy auta bušily nepřetržité proudy vody a bušení přehlušovalo jen protivné skřípání gumiček stěračů.

„Jo, jestli někdy seděl na lodi," zahalekal opět Mrkváč a zaryl tělo telefonu hluboko do plnovousu.

„Tak co říkal," přehlušil kvílení stěračů.

„Kvičí," odpověděl mu křaplavý hlas v reproduktoru.

„On kvičí," otočil se Mrkváč k řidiči vozidla, který seděl za volantem s čelem přilepeným k přednímu sklu a snažil se prohlédnout nepřetržitý proud vody.

„Zeptej se jí, jak kvičí," odlepil Klátil na chvilku čelo od skla a natočil se k Mrkváčovi.

„Prej jak kvičí," zahalekal Mrkváč.

„Normálně kvičí," zaslechl teď už i Klátil odpověď v reproduktoru.

„Prosím tě, zeptej se jí, jestli to vypadá spíš jako kví, kví a nebo spíš oui, oui," zakroutil Klátil nevěřícně hlavou.

„Prej spíš jako to druhý," ozval se za chvíli Mrkváč.

„Tak jí řekni, že ho berem," odvětil suše Klátil a zkoušel dál udržet auto na silnici. Vlek plný štíhlých trupů lodí poskakoval za divoce kličkujícím vozidlem a k pravé krajnici silnice se poprvé přilepila řeka.

„To ho berem, protože jako dobře kvičí, jo?" podíval se Mrk-
váč zvědavě na Klátila, když ukryl mobil v kapse.

„Ne, to ho bereme, protože to je Francouz, vole," odpověděl
stále suše Klátil a sáhl do kapsy košile pro cigáro.

„Jak víš, že to je Francouz," nedal se Mrkváč. „Jako že dobře
kvičí?"

„Neptej se," odsekl Klátil. „Napřed bych ti musel vysvětlit,
kdo to je lingvista a ty bys to stejně nepochopil," potáhl z cigá-
ra a kochal se pocitem, že má jednou nad Mrkváčem navrch.

Auto s vlekem projelo Rejštejnem a nakonec sjelo na úzkou
cestu táhnoucí se k osvětlené chalupě. V okně chalupy temně-
la silueta s kudrnatou čupřinou vlasů. Na dvorku vytvořeném
kamennými tarasy stálo zaparkované vozidlo a nad zadním
nárazníkem se leskl černý ovál se stříbrným písmenem „F".
Voda v řece pod chalupou pomalu ale jistě stoupala a vůbec
to nevypadalo dobře.

„Jak jsi to věděl," zakroutil hlavou nevěřícně Mrkváč.

Ze škvíry dveří zaválo suché a voňavé teplo. Mrkváč s Klá-
tilem prošli temnou chodbou a vstoupili do velkého matně
osvětleného pokoje. Zuzana seděla v houpacím křesle, nohy
položené na uhláku u rozpálených kachlových kamen a z hr-
níčku se zubatým okrajem popíjela červené víno. U okna stál
chlápek. Oba dva se ihned tím směrem zadívali. Ze silutey
u okna, kam nedosáhlo světlo lampy, byl znatelný jen o od-
stín temnější obrys těla. Občas se ve tmě zalesklo bělmo očí
a bílý hrnek.

„To je Roland," kývla Zuzana k temné siluetě a srkavě upila
z hrnku.

Od okna zaznělo dvojité mazlivé zakviknutí.

„Byl tady na dovolené týden před námi a měl mně jen pře-
dat klíče," vysvětlovala Zuzana, aniž by se jí kdokoliv na co-
koliv ptal. „No a jak jsi ráno volal, že Barča nejede, tak jsem se
ho zeptala, co dělá tenhle víkend."

„Ty umíš francouzsky?" vrátil se k Zuzaně Klátil, čichl k hrnku a opovržlivě zafrkal.

„Houby," sáhla na stůl za hlavou a zamávala česko-francouzským slovníkem.

„No a umí tedy na té lodi?"

Zuzana sáhla po slovníku a začala listovat. Potom se otočila oknu a řekla dvě slova. „Tour navire."

Ze tmy od okna uniklo dvojí mazlivé zakviknutí.

„Umí, jak vidíš," dopila Zuzana obsah hrnku a napřáhla ruku směrem k muži u okna.

Chlápek vystoupil konečně ze stínu, aby dolil Zuzaně do hrnečku víno. Láhev, kterou držel v ruce byla sedmička s vinětou psanou cizím jazykem. Víno proudící do hrnečku bylo husté a vleklo se jako krev. Nebyl nijak vysoký a ani stavěný. Díky kakaově zabarvené pleti připomínal hodně omakaného a přerostlého plyšáka, kterému již v továrně zdeformují obličej, aby vypadal zábavně. Ten plyšákovský vzhled ale rušilo něco, co člověk zaznamenal až po delším a podrobnějším pohledu. Nebyla to kakaová kůže a šedé kudrnaté vlasy trčící do všech směrů, nebyly to ani hluboké a výrazné vrásky vrýpané v pravidelných roztečích do tváře kolem rozesmátých úst. Nebyly to ani dlouhé, teď od vína namodralé zuby. Bylo to něco neuchopitelného a divokého. Něco co bortilo tu rádoby milou fasádu. Nějaký hlas, který říkal: „Bacha, všechno je jinak". Mrkváč byl na tyhle falešné tóny citlivý. Stojíc nad o hlavu menším chlápkem bezděčně o krok ustoupil a pak mu došlo, že by to mohlo vypadat přinejmenším neslušně. Že by to mohlo působit jako výraz štítivosti, opovržení, nebo prostě jen jako najevo dané překvapení nad jinou barvou pleti. Rozpačitý sám ze sebe, že neumí zatím definovat to neznámé, sálající z toho mužíka, se naklonil nad lodní pytel na podlaze a vytáhl láhev fernetu.

„Myslím, že je čas na pořádný pití," otevřel láhev s plechovým zakřupnutím, mocně se napil a podal ji chlápkovi. Chlápek upil na dva prsty a otřásl se odporem.

„Tak, večeři máme za sebou a já jsem Mrkváč," vzal si láhev zpět a podal chlápkovi ruku.

„Roland," zaškytal chlápek a pevně mu ji stiskl.

Síla stisku a vůbec to hadovité a nepřirozeně rychlé vytrčení ruky bylo něčím znepokojivé. Pokojem přeběhlo světlo a za oknem se ozval zvuk motoru.

„Tak už jsou tady," naklonil se Klátil k oknu a pozoroval dva reflektory blížící se k domu.

„Teď se na něco připrav, Frantíku," využil Mrkváč příležitosti, aby konečně pustil Rolandovu ruku a s ulehčením se od cizince vzdálil.

Motor před domem najednou ztichl. Ticho přerušilo opakované prasknutí dveří a dunivé kroky na chodbě.

„Co jste to objednali za hnus," rozlítly se dveře do vyhřátého pokoje a najednou bylo vše v pohybu.

„Mráčková včera říkala…," nadechl se Klátil.

„Mráčková vždycky kecá," zařval někdo v šeru pokoje.

„A co je tohle za strejdu," zaječel hned jiný hlas.

„Roland," začala křičet už i Zuzana a tahala všechny k Rolandovi, který ten rej sledoval s pobaveným úsměvem.

„Roland je pitomý jméno," zaječel zase někdo a potom stejný hlas dodal: „Ježiš, co to chlastáš. Tady seš na vodě," a místností se ozvalo další plechové zakřupnutí. A vzápětí další.

Po několika fernetech musel Klátil smutně konstatovat, že není jediný lingvista v místnosti. Musel se smířit dokonce i s tím, že v místnosti není ani nejvtipnější. Všichni teď seděli kolem dřevěné desky věkem a lokty ohlazeného stolu a bříšky prstů sjížděly koryta řek vymletá v mezerách tvrdších smrkových let. Zatvrdlé hrboly suků představovaly jezy a podle zvuků bříšek dopadajících na desku stolu mohl zasvěcenec odhadnout, jaký jez se právě sjíždí a zda normálně nebo bokem a především jak posádka pod jezem skončila. S ubývajícím obsahem lahví se překonávaly na desce stolu najednou i jezy jindy a v reálném světě zapovězené. Poskakující světlo petrolejky uprostřed stolu čmáralo za putujícími prsty protažené dlouhé stíny a ty vytvářely na desce postupně všechny znaky abecedy klínového písma.

Roland sledoval pobaveně to dětinské dovádění a i když děj kolem stolu dost dobře nechápal, smál se ve stejných okamžicích jako všichni kolem. Konečně neměl pocit, že je středem zájmu a že jej někdo neustále sleduje. Občasné plácnutí po zádech nebo drcnutí loktem, když před ním přistála další láhev s dalším obsahem, mu nevadilo. Naopak, začal pociťovat určitou příslušnost k téhle prapodivné skupině lidí, která rýpe prsty do desky stolu a o každém centimetru rozsáhle diskutuje.

„Hele a co vlastně děláš?" vytrhl Rolanda z přemýšlení nějaký hlas u stolu.

„Je v důchodu," odpověděla Zuzana rychle za Rolanda.

„Dobrá, tak co dělal, než šel do důchodu. Takhle mladej," položil hlas další otázku a zapíchl pohled přímo do Rolanda.

„Nechce o tom mluvit," odsekla popuzeně Zuzana.

„Jak to víš, že nechce mluvit," zaútočil ten hlas už přímo na Zuzanu a přenesl na ní pohled.

„O čem si budeš povídat hodinu s Francouzem, když máš jen slovník. Fráze jsou na čtvrtý straně," uhnula Zuzana pohledem a podívala se na Rolanda. Ten krátce kývl hlavou.

„Dobrá, mám vám to říci," nadechla se zhluboka. Najednou věděla předem, jak to všechno dopadne. Prožila si to sama v okamžiku, kdy vstoupila odpoledne do téhle chalupy. V okamžiku, kdy v chalupě vrazila do chlápka, který mluvil jen anglicky a francouzsky a ona jen německy.

„Sloužil u legie," řekla polohlasem a úplně přesně věděla, jaká otázka bude následovat.

„U legie? No to je hustý," ztichla v místnosti veškerá konverzace. „A zabil někoho?"

A bylo to tady. I Zuzana pokládala odpoledne otázky ve stejném pořadí a ani nevěděla proč, odpovědí na ně se bála. Ne kvůli Rolandovi, ale spíš kvůli sobě. Zoufale si přála, aby jeho odpověď zněla ne, protože jak zazní ano, přestane být důležitý další vzájemný kontakt, ale fakt, jak se s tím vyrovná ona sama. Věděla, že se jí ta odpověď usadí v mozku jako zhoubný nádor a další slova, která před Rolandem vypustí, už projdou sítem sebekontroly a vlastní cenzury. Věděla, že každé další slovo, které unikne ven z jejích úst třikrát zváží, aby nepoznal, že se neumí vyrovnat s jeho přítomností a především s tím, že sedí v jedné místnosti s člověkem, který provedl něco, o čem není schopna ani přemýšlet. Věděla, že jak teď Roland odpoví, a předpokládala, že bude stejně tak upřímný jako v jejím případě, všechno se v téhle místnosti změní a i když si budou hrát všichni dál na drsňáky a převedou jeho odpověď ve fór, usadí se jim v hlavě stejný pocit, kdy nebudou řešit problém, jak se s tím vyrovnal Roland, ale jak se s tím mají vyrovnat oni sami. „Konečně, mají to mít a lepší teď než za hodinu, kdy alkohol odstraní úplnou sebekontrolu a zbourá i ty poslední zábrany," rozhodla se.

„Combien?" otočila se k Rolandovi. Slovo „kolik" si pamatovala.

Teď i Roland položil své dlaně mezi lodě uvízlé na desce stolu. Všechny lodě na desce stolu s tím pohybem najednou ožily a postupně odpluly, aby zde nechaly jen devět kakaově zabarvených prstů. Devět prstů, které světlo petrolejky vypálilo do dřeva.

„Hustý. Vodu se zabijákem jsem ještě nejel," pochopil nutnost převést vše co nejrychleji do fóru Klátil. Ostatní sklopili hlavy, ve kterých jim počaly bujet zárodky zhoubných nádorů.

A najednou to Mrkváčovi došlo. Najednou zjistil, že našel původ toho falešného tónu, který mu zazněl v hlavě v okamžiku, kdy Rolanda poprvé spatřil. Najednou mu bylo jasné, že tenhle nenápadný člověk ukončil život druhého člověka a těch pár pohybů, které vyvrcholily smrtí druhého, se muselo do každého jeho dalšího bytí navěky vtisknout. A na rozdíl od ostatních, které zmrazilo poznání, že ten nenápadný člověk, který se jich samých dotýká rameny, vzal život jinému, pocítil Mrkváč úlevu.

Vytáhnout v téhle situaci kytary nebyl ten nejšťastnější nápad.

Mráčková nekecala. Ráno bylo nebe bez jediného příbuzného. Řeka v Otavě pod chalupou připomínala zámecké černé z Chodovaru. Cpala se kamenitým korytem dolů k Rejštejnu a kameny v tomhle ročním období normálně trčící z vody prozrazovaly jen napěněné čepice. Z tmavé vody se trhaly cáry mlhy a stoupaly k neporušené modři nebe. Klátil, s hlavou přeplněnou všemi africkými bubeníky, stál na břehu řeky a zhluboka dýchal. Rozlomený mlýnský kámen vrostlý do kořenů osiky byl celý pod vodou. Otava se dala jet tady, z chalupy na Myších domcích už v okamžiku, kdy z kamene trčela nad hladinu třeba jen horní oblá hrana rozlomeného kamene. Dnes ráno byl pod vodu celý.

„Je blbost tahat lodě zase do Rejštejna, když je voda," přesvědčoval sám sebe a o pár minut později i všechny u stolu.

„A co Roland?" podíval se Mrkváč na Zuzanu.

„Roland to dá," zahuhňala Zuzana. „Vždyť si večer slyšel, ne."

„Tak jedem," uzavřel Mrkváč. „Dnes do Annína, tam necháme lodě a autobusem zpátky, a zítra z Annína do Sušice."

Roland vyšel před chalupu. Pomalu zamířil ke svému autu, aby zase vybalil. Vedle jeho auta stál zaparkovaný vlek se železnou konstrukcí a v té konstrukci se pohupovaly na plátěných třemenech štíhlé trupy lodí. Roland došel až k vleku a opatrně se jedné z lodí dotkl. Překvapilo ho, jak jsou úzké a tím pádem i vratké. Překvapilo ho, že je celá loď slepená z několika vrstev textilní tkaniny zalité v průhledné pryskyřici. Překvapilo ho…

„Hej, zabijáku, pojedeš se Zuzanou," vynořil se za vlekem Klátil a začal odvazovat koňadry z lodí od konstrukce vleku.

„A teď mi s tím pomoz," zahalekal a začal tahat jednu loď po druhé z vleku. Postupně snesli z vleku všechny lodě a vyskládali je na louku u řeky. Štíhlé trupy lodí se leskly v raním slunci a ani Klátil nezaznamenal, že Roland při tom pohledu na úzké tenké skořápky jejich těl znatelně zblednul.

„Asi to mají ve Francii jinak," pomyslela si Zuzana ve chvíli, kdy jejich loď vyrazila do proudu jako poslední. V okamžiku, kdy se lodi zmocnil proud, se ale přestala zabývat skutečností, že Roland při každém rovnání lodi přehazuje pádlo z jedné strany na druhou a začala dělat to co vždycky. V dostatečném předstihu vyhledávala před špičkou lodě napěněné čepice, pod kterými se spolehlivě ukrýval záludný šutr. Byla přesvědčená, že přitahuje nebo odlamuje včas, aby dokázala zacílit přídí lodě do hladké peřeje obtékající kámen. Znovu a znovu ji překvapilo, že i když příď lodě navede do hladkého jazyku, následuje tupá rána do zádi, kdy Roland nedokázal udržet směr, do kterého loď navedla. S Bárou to bylo jiné. Nemusely si už vůbec nic říkat. Stačilo aby se vyklonila z lodi, opřela list pádla o vodu a Bára už věděla vše. Roland reagoval až v okamžiku, kdy se začala loď stáčet. Časem pochopila, že jediným cílem, kterého chce dosáhnout, je udržet loď ve směru proudu. Pochopila, že Roland vnímá kameny jako překážky, kterým se snaží jen vyhnout. Že je nevnímá jako šanci využít dlouhého a rychlého jazyku, který kámen vytvoří, pro nabrání rychlosti a pohyb vpřed bez vydání energie. Pochopila, že když si už Roland neví rady, zapíchne pádlo listem do dna a celou loď se snaží nasměrovat do požadovaného směru silou. Cítila, že se při každém náklonu lodi chytí jednou nebo druhou rukou za bort lodi a pádlo používá jako hůl. Věděla, že až sjedou k poslední rejštejnské chalupě, přestane tenhle bidlovací systém v hloubce nad jezem fungovat a dříve nebo později se na jednu stranu zvrátí. Najednou začala pochybovat, zda při té konverzaci pomocí slovníku bylo všechno zřetelně a jasně řečeno a zda Roland vůbec pochopil, na co jim kývl. Najednou věděla, že i když přijde na to, proč sedí teď a tady s chlápkem, kterému nerozumí, na jedné lodi, nic tím nevyřeší a jediné co jí zbývá je, že to Roland na druhém konci lodi rychle pochopí sám. A nebo společně vykrysí. Loď proplula provázená neustálými údery kamenů do boku do Rejštejna. Zuzana věděla, že poslední možnost, kde loď zastavit, než vjede do vzdutí nad jezem a vydá se směrem k jezu, je panelový brod ve vsi. Nevěděla ale, jak by mu to, že tady a teď končí, vůbec vysvětlila a jak by to Roland přijal. Panely vstupující do řeky se pomalu blížily a Zuzana neměla stále jasno, jak se v okamžiku, kdy se jich dno lodě dotkne, zachová. Na jednu stranu jí připadalo neslušné až ponižující, vystoupit v té mělčině z lodi, chytit loď oběma rukama za bort, zastavit ji a vyhrnout na Rolanda jediné slovo, které by pochopil a které zná ze závěrečných titulků filmů. Na druhé straně věděla, že i když dojedou do vzdutí nad radešovským jezem a náhodně překonají těch pár desítek metrů klidné, ale hluboké vody, skončí před daleko větším problémem. Radešovský jez není sice žádný zabiják – za tohohle stavu vody dokonce jen dlouhá peřej s malým vracákem, kde voda háčkovi jen lehce zvlhčí ofinu. To všechno ale jen za předpokladu, že se ta loď do té jediné dlouhé peřeje správně trefí. A tím si vůbec nebyla jistá. Betonové panely zbrzdily dno lodi, loď prudce zpomalila a Zuzana vytáhla pádlo a položila jej napříč přes oba borty. Potom se naklonila do špičky a vytáhla na provázku přivázanou láhev fernetu. Hluboce se napila a poslala ji po dnu lodi k Rolandovi. Ani se neotočila, vzala pádlo do obou rukou a zabrala.

Klátil stál na zádi lodě a koukal přes hranu jezu. Vlastně viděl jen to, co očekával. Pravá část jezu byla těsně pod betonovou

šikmou plochou jezu uzavřená řadou vysoko na vodu vyční-
vajících larsenů. Ve středu zbývající levé části vznikala dlou-
há peřej, která ve spodní části ústila do jediného volného místa
v hradbě ostrých kamenů. Vstup do peřeje na horní hraně jezu
byl jasně čitelný. Tvořila jej metr široká prohlubeň, která se dala
i v sedě na lodi pohodlně trefit. Klátil zamával pádlem nad hla-
vou, sedl si a zamířil k mělké prohlubni. Jasný povel, že se ne-
vysedá a jede se rovnou. Klátil navedl loď bokem k hraně jezu
a když dosáhl úrovně prohlubně, stočil jí špicí do peřeje jedi-
ným záběrem. Lodi se zmocnil proud, protáhl ji průrvou mezi
ostrými balvany a vyplivl ji do mělčiny pod jezem. Tady se Te-
reza na háčku i Klátil na zadáku zaklonili a mohutnými zábě-
ry vjeli na písečný břeh.

„Pan kormidelník by si dal pivo," zahalekal Klátil. Tereza
vyplázla jazyk.

Jedna loď za druhou dosedaly na mělký písečný břeh a ve
vzdutí nad jezem zůstala jen Zuzana s Rolandem.

„Hele, pojede zabiják," zahalekal Klátil, když je uviděl nad
jezem.

Loď vjela do hlubší vody nad jezem. Proud vody směřující k lar-
seny nesvázané části jezu ji vedl sám a Roland neměl moc práce
s kormidlováním. Zuzana seděla na háčku nepřirozeně strnu-
le a neustále drobnými zásahy pádlem usměrňoval příď lodi
k již znatelné prohlubni. Zaznamenala, že ustalo i pravidelné
kývání lodi, když Roland přehazoval pádlo z jedné strany na
druhou. Prohlubeň v hraně vody nad jezem se pomalu blížila
a hlavám, ještě před chvílí se kutálejícím na horizontu jezu, do-
růstala těla. Roland to chtěl udělat jako Klátil. Pomalu a opatr-
ně se přiblížit k hraně jezu bokem a na úrovni prohlubně loď
do peřeje stočit. Zuzana ale tenhle úmysl neprokoukla a vlastně
ani nepředpokládala. Věděla, že bude výhra, dostane-li proud
loď k místu, kde proniká jezem největší množství vody a sám
ji protáhne prohlubní do dlouhé peřeje. Dál drobnými údery

pádla směřovala špičku na střed prohlubně, ale ta se od středu prohlubně pomalu vzdalovala. Aby jí dostala zpět, musela zabrat. Loď se přiblížila k hraně jezu šikmo a Roland pochopil, že je jeho plán v troskách. Teď už mu nezbývalo nic jiného, než se pokusit navést loď do peřeje přímo. Přehodil pádlo na opačnou stranu lodi a začal zběsile pádlovat.

„Ty vole, von to neumí," zaslechla Zuzana Klátilův řev ze břehu.

„Tak na to jsi přišel, chlapče, pozdě," řekla si Zuzana sama pro sebe a narvala pádlo pod loď, aby jí co nejrychleji dostala špičkou do peřeje. Roland zase přehodil pádlo a mohutně zabral. Loď se dostala do proudu bokem a v téhle poloze se jí proud zmocnil a hnal ji k úzké průrvě mezi kameny. Zuzana uslyšela zapraskání bortů, jak se jich Roland chytil prsty a bylo jasné, že už to vzdal. Na náraz nečekala. Zlomek vteřiny před okamžikem, kdy se ostré hrany kamenů zahryzly do letitého laminátu, vyskočila. Její tělo přelétlo hradbu z kamenů a dopadlo do mělké vody. Roland věděl, že to je konec a zavřel oči. Vždycky se tohoto okamžiku obával a najednou zjistil, jak je jednoduché všechno zabalit a vzdát. Stačí prostě jen zavřít oči. Ostré hrany kamenů roztrhly tělo lodě na několik cárů a ty se vztyčily k nebi. Roland se nedokázal pustit utr-ženého bortu a proud vody jej začal tlačit pod hladinu.

Sestřička v červené kombinéze uměla francouzsky. Skláněla se nad Rolandem a klidným a vemlouvavým tónem mu v tom podivném jazyce něco vysvětlovala. Za sestřičkou stál žlutý sanitní vůz a v jeho kabině seděl muž v červené kombinéze a něco vypisoval. Světla majáků prosekávala vzduch a vysílala do tváří skupiny sevřené kolem Rolanda a sestřičky červená a modrá prasátka.

„Jak na tom je?" poznal Roland ležící na mokrém písku Zuzanin hlas, ale obsah dotazu nechápal.

„Ale jo, dobrý, vytáhli jste ho včas," odpověděla sestřička Zuzaně a natáčela na Rolandovu dlaň další vrstvu bílého obvazu.

„A můžete se ho zeptat, proč nám kecal?" promluvil do té doby mlčící Klátil.

„Sestřička se otočila k Rolandovi a začala mu tím podivným jazykem opět něco vysvětlovat. Když dokončila řeč, Roland se usmál a dlouho jí něco vysvětloval.

„Nekecal," odvrátila sestřička hlavu konečně od Rolanda ke skupině. „Na lodi fakt jezdil. Na Borneu. Byla ale nafukovací, vzadu měla motor a na předku těžký kulomet. Všechno mu došlo až dnes ráno, když viděl ty vaše lodě. Ale to už vás nechtěl zklamat. A navíc jste prima parta a chtěl s vámi prožít víkend."

„No to je vůl," ulevil si Klátil. „Pomalu nám zabije Zuzanu, sám si urve malíček o šutr a to všechno jen proto, aby nás nezklamal," čílil se Klátil.

„Nech toho," položil mu Mrkváč ruku na ramena. „Přijít o malíček je sice blbý, ale třeba je to nějaký znamení. Znamení, že už nikdy nebude deset."

Jan Valeš – Jeňýk

Barvínek

Lužnický vodník Barvínek si nežil špatně, i když jeho živnost měla do kvetoucí hodně daleko. V létě zametal řeku, sušil si řasy na sluníčku a ve volném čase chodil na ryby, v zimě spal. Časem si zašel do hospody a sem tam vyhrál nějakou tu sázku, když dokázal určit na centilitr přesně, kolik vody nalil hostinský do piva.

Jinak to byl dobrák k pohledání a ke svému jedinému hrníčku přišel vlastně nešťastnou náhodou. To mu ve čtyřiačtyřicátém, akorát na Dušičky, spadl pod jez nějaký opilec. Barvínek mu honem běžel pomoct, ale chlapík se s ním začal prát a Barvínek ho v tom zmatku podržel pod vodou poněkud déle, než bylo zdrávo.

Chlap měl moc hezký pohřeb, ale po válce se přišlo na to, že to byl místní důvěrník gestapa a celé povodí přišlo Barvínkovi poděkovat. Okresní výbor Svazu protifašistických bojovníků ho dokonce navrhl na medaili, ale on si pro ni, trouba, ani nepřišel.

Tak si žil celkem spokojeně až do onoho dne, kdy vylezl na jaře z bahna a zjistil, že všechno je jinak. Že zaspal nejenom zimu, ale celou epochu.

Barvínkovi čilejší kolegové úspěšně zprivatizovali okolní rybníky, shodili zelené fráčky a navlíkli se do fialových sak a bílých ponožek. Pohybovali se zásadně poklusem a v běhu hulákali do mobilních telefonů nesrozumitelná slova jako

„franšíza, alokace akciových kursů, diskont" nebo dokonce „tak jim vrazte milion a bude vymalováno!"

Barvínek neměl tušení, co je to diskont a o malování se bláhově domníval, že by ho zvládl laciněji.

Horší ale bylo, že se zelenými fráčky odložili kamarádi i kamarádství. Nakonec z celé řady přátel zbyl Barvínkovi jediný, třeboňský upír Ferda, a to, jak se mělo ukázat, nebyla právě ta nejvhodnější společnost.

Ferda se také cítil osamělý, zvlášť od té doby, co se s ním rozešla Bílá paní. Zrestituovala zámek a Ferda jí nebyl dost nóbl. Krom toho podnikala v mlíku a Ferda trpěl po mlíku strašlivými kocovinami.

Jednou si spolu kamarádi vyrazili na pivo.

V lokále řvala televize, na Nově dávali erotický thriller, a Ferdu to tak zaujalo, že přetáhl večerku. O půlnoci mu vyrostly špičáky do neuvěřitelné délky a Ferda leknutím prokousl půllitr.

V následujících sekundách překonali hosté všechny rekordy v rychlosti opouštění hospody.

Byl z toho ovšem malér, protože Ferda s Barvínkem za ně museli zatáhnout útratu. Měli při tom s bídou na svá dvě piva a hostinský Breburda tvrdošíjně odmítal uznat za platnou měnu rybí šupiny, byť by se mu do rána změnily v dukáty, a neobměkčila ho ani Ferdova Jánského plaketa za sto bezplatných odběrů krve.

Po tomhle trapasu chodil Barvínek raději všude sám a bylo mu smutno. Sám a sám sedával na navigaci, kouřil orobinec a divil se, jak může někdo dávat přednost před takovouhle dobrotou marlborkám, zvlášť při dnešních cenách. Ne že by tam na hrázi neměl společnost, ale jistě uznáte, že s takovými kapry nebo ploticemi si jeden nepokecá, i když je to náhodou vodník.

Až jednou. K Barvínkovu jezu se přihnala kánoj, kormidelník hrábl vpravo, hrábl vlevo, háček vypískla a už tam byli.

„Jedou blbě," pomyslil si Barvínek a přesně v okamžiku, kdy v duchu dělal háček nad „e" se ozvalo zapraskání a do kanoe nakoukl dírou ve dně šutr. Posádka vyletěla jak vystřelená z praku a zmizela ve zpěněné vodě.

Barvínek zareagoval bleskově. Sjel do vody, udělal dvě tempa a už vynášel háčka na břeh. Dívka byla v bezvědomí. Barvínek ji složil do trávy a pokoušel se o umělé dýchání.

Jenomže pak se vynořil z vody kormidelník. Asi se mu něco nezdálo na způsobu, jakým Barvínek dýchal z úst do úst, protože se po něm ohnal pádlem a zařval – „Vodprejskni!" a ještě něco velice neslušného.

V Barvínkovi to vzteky jen zabublalo. Všechna nahromaděná zlost a hořkost v něm vzkypěly a musely ven, takže než byste řekli „potěr", letěl kormidelník zpátky pod jez.

Právě v té chvíli se dívka probrala. Posadila se, zhluboka vzdychla a procítěně pravila:

„Tak takovýho vola jsem jaktěživ neviděla! To mě celou cestu lakoval, jakej není machr, a pak nás málem zabije na první šlajsně, kterou by projel i kojenec ve vaničce!"

„Se ví," přisadil si Barvínek pomstychtivě, „já to viděl. A stačilo to ulomit doleva, vždyť je tam jazyk jak kráva!"

„Ty tomu rozumíš?"

„No, trochu," připustil Barvínek skromně, „ale tahle šlajsna, to nic není. Takový Dráchov, to je mazec! Tam už se rozbilo lodí! Tam musíš napřed doprava, k tomu slizkýmu šutru, a pak rovnou dolů. To jsem sjel snad desetkrát."

Na okamžik zauvažoval, má-li přiznat, že to sjížděl jen po zadku, ale pak si řekl, že mluvit o něčem takovém před dámou by nebylo vhodné.

Podíval se na dívku, co tomu říká, a jen se zajíkl. Beznadějně utonul v modrém bezednu jejích očí. V rozpacích odkašlal a mohutně odplivl. Náhodou trefil kormidelníka, hrabajícího se z vody, přímo mezi oči a srazil ho tím zpátky pod hladinu.

Modrá kukadla zářila nadšením.

„To je super! A… vzal bys mě někdy s sebou?" a z modravých hlubin vystřelil na Barvínka pohled, kvůli jakému se chlapi vydávali na křížové výpravy, lítali balonem přes Atlantik, anebo se dokonce denně holili.

Barvínek měl poprvé v životě vyschlo v ústech, ale nebyl to špatný pocit. Statečně přikývl a srdce se mu rozbušilo tak, že to muselo být slyšet až na Soběslavskou věž.

Co následovalo, označila by za sexuální harašení i totálně frigidní Němka.

A tak se stal z Barvínka vodák.

Sehnat loď a výstroj nebyl problém, problémy nastávaly až později, když ho potkávali původní majitelé. A pak musel ještě zvládnout pár maličkostí, kterými se vodák liší od běžného Homo sapiens. Naučil se číst vodu, přitáhnout, ulomit a odkopnout, vzít kontra, udělat se v peřeji, ve šlajsně a na voleji. Zjistil, jaký je rozdíl mezi lihem suchým neboli pevným, denaturovaným a konzumním. Pochopil, že stan se staví na suchém místě, ale suchým tábořištím, nazvaným tak podle vzdálenosti od hospody, se pravověrný vodák vyhýbá. Došlo mu, že kilometráž je sice zajímavé čtení, ale listovat v ní uprostřed retardéru je nebetyčná blbost. A když se ještě naučil navlíkat špricku – což není nic neslušného – a dozvěděl se, co je to souloď, kdy se soulodí a proč, splnil všechny podmínky, aby se z něj stal opravdovský Vodák s velkým „V".

Dnes je Barvínek nekorunovaným králem Lužnice a všech jejích splavných i nesplavných přítoků.

Poznáte ho snadno. Z dálky to vypadá, jako by byl v lodi sám, ale zblízka uvidíte, že na předku lodi leží něco nádherného, opáleného do bronzova. Nad úroveň bortů se přitom zvedají jen dva báječné kopečky v červených, modrých nebo duhových plavkách a někdy i bez nich, takže kolemjedoucí kormidelníci ztrácejí směr i soudnost a zvrhávají se při sebemenším náznaku peřejí.

Večer ovšem narazíte na Barvínka spíš na pivu než na vodě. Sedí uprostřed bezva party a jeho rozježené vousy metají do záře půlitrů zelenavé pablesky. Někdy si i zazpívá, ale na kytaru nehraje – vadí mu plovací blány.

A vedle něj se třpytí vodopád zlatě zrzavých vlasů a modrá kukadla… ale to už jsem vlastně říkal.

Tomáš Daněk

Terapie vodou

To máš za ten balet, ušklíbl se Šimon a zkušeně zabral pádlem.

Byl krásný podzimní den. Slunce se statečně prodíralo výpary velkoměstského smogu, ptáci neochvějně trylkovali ve zlátnoucích korunách zaprášených stromů a všeobecnou pohodu v korytě potoka Botiče narušoval jen pohled na Markétina napjatá záda.

„Paráda, ne?" prohodil nahlas, aniž se snažil zakrýt provokující tón. Ramena před ním sebou lehce škubla a napětí se viditelně rozšířilo do zbytku Markétina těla.

„Pokud ti připadá jako paráda pozvat svoji dívku na nedělní výlet horou odpadků, pak zřejmě ano," odtušila a ani ona se nepokoušela zastřít náznaky jízlivosti.

„Nemusím ti snad připomínat, že pouze plním úkol tvojí nové poradkyně přes vztahy. Máme spolu trávit více času a vzájemně se zasvětit do svých koníčků," pokrčil rameny Šimon a obratně se vyhnul kameni vyčnívajícímu z vody. Markéta ho dopředu nehlásila, natož aby projevila při jeho objíždění sebemenší součinnost. Po předchozích několika hodinách, které s ní v lodi strávil, to už popravdě ani nečekal.

„Zasvětit se vzájemně do svých koníčků tak, aby nám to oběma bylo příjemné," opravila ho a významně se rozhlédla po neútěšných březích.

„Aha. Tak proto jsem včera musel trčet čtyři hodiny v Národním, přestože víš, jak divadlo nesnáším," ušklíbl se Šimon.

„Bylo to Labutí jezero. Baletní klasika. Vodu má už v názvu. Myslela jsem, že by se ti to mohlo líbit." Valil zrak, jak nevinně tu nehoráznost dokázala vyslovit.

„Vidíš. A já si zase říkal, že třeba oceníš příležitost jet se mnou na vodu bez nutnosti opustit pohodlný měšťácký život a ušpinit si balerínky v přírodě pod stanem."

Dlouze si přeměřila haldu pet lahví naplavených u břehu.

„Tohle má skutečně s přírodou společného jen málo," pravila zachmuřeně.

„Chceš si vystoupit a připojit se raději k akci čištění toku?" navrhl jí s pobavením.

Neodpověděla. Nedivil se. Markétin kladný vztah k ochraně životního prostředí končil necelých sto metrů od bytu u kontejnerů na tříděný odpad. Většinu času to Šimonovi nevadilo.

Když si nechala ráno od pořadatelů s výrazem lapené ryby vstříknout do úst dezinfekční roztok a následně se v neoprénových kalhotách a nepromokavé bundě, přepásaná vestou a s helmou na hlavě opatrně sesunula do lodě tak, aby si nenamočila ani kousek kůže, bylo mu jí dokonce téměř líto – zvlášť poté, co jí voda hned na prvním jezu důkladně opláchla celý obličej. Od té chvíle, recitujíc polohlasem názvy všemožných parazitů, opouštěla před každým stupněm kánoi a zdráhavě nastupovala zpět až v bezpečné vzdálenosti za zpěněným vývarem. Šimon to respektoval. Bylo zřejmé, že Markéta za školních let z donucení párkrát na vodě byla, ovšem žádná přebornice se z ní nestala. A přestože ho pekelně bolela zadnice následkem nepohodlných divadelních sedaček, měl alespoň zpočátku na zřeteli jediné – aby si ten den oba dva co nejdružněji užili.

Bohužel dost dlouho podléhal mylnému dojmu, že se mu to i daří. Hned na startu si vychutnal několikerý průjezd rourou pod Hostivařskou přehradou v kajaku zapůjčeném od kamarádů a v kánoi se pak pokoušel přenést dobrou náladu i na Markétu. Bez zádrhelů ji provezl půvaby i nástrahami meandrujícího Botiče, veškeré pokyny jí udílel svým vyhlášeným dobráckým tónem a chválil ji za každý pohyb pádlem, který bezprostředně nesměřoval k jejich převržení. V zářné formě se pak předvedl na temně hučící Marcele a myslel si, že tím na Markétu dostatečně zapůsobil.

Pozdě si uvědomil, že se jí rty nechvějí strachem o jeho život, nýbrž znechucením. Dokonce si zpočátku nepovšiml ani toho, jak málo Markéta mluví. Po nucené letní abstinenci, kdy na její důrazné přání vyměnil vodu za poznávací zájezd, se nemohl nabažit tichého klouzání kánoe po tančící hladině a nechápal, jak si Markéta vůbec mohla myslet, že by mu tenhle pocit mohla nahradit okružní plavbou po Středomoří na přeplněné palubě hřmotné výletní lodi.

O co míň však Markéta mluvila, o to víc se snažila splutí sabotovat. Šimon si to uvědomil během druhé nebo třetí občerstvovací zastávky – třebaže se spouštěli na vodu mezi prvními, nyní kolem sebe neviděl jediného vodáka a Markéta přitom se zasmušilým výrazem dál nevzrušeně usrkávala malinovku. Na dno sklenice se zázračnou rychlostí dostala až v okamžiku, kdy se zmínil, že mu bude muset pomoci odtáhnout kánoi na parkoviště, pokud voda vypuštěná z přehrady opadne dřív, než opět nasednou do lodě. Vědomí, že mají z náplavky v cíli cesty slíbený pohodlný odvoz, bylo zřejmě jediným faktorem, který Markétu o několik kilometrů dál přiměl k návratu do lodě dokonce i poté, co se nedobrovolně prošla parkem kolem jezu Grébovka a popřemýšlela o možných potížích v blížícím se závěrečném tunelu.

Vidina plavby zdánlivě nekonečnou tmou s Markétou na přídi popravdě trochu děsila i Šimona, neboť si tou dobou vůbec nebyl jistý, zda je otrávenější ona nebo ta tekutá skládka, kterou se prodírají. Vykoupat se každopádně nechtěl ani s jednou z nich, a tak pouštěl dopředu všechny vodáky, kteří se nějakým nedopatřením ocitli za nimi, a doufal, že pokud se tito předskokani v tunelu cvaknou, vymotají se odsud dřív, než na místo dorazí on a Markéta. Když se před nimi objevil temný obdélník, Šimonův špatný pocit se znásobil, veškerou nejistotu však rázně odeslal do kalných hlubin podvědomí a se soustředěným výdechem rozsvítil čelovku.

„Připravená?" houkl na dívku, kterou ještě ráno toužil nazývat svým háčkem.

Nesrozumitelně zamručela cosi, co mohla být sprostá nadávka stejně dobře jako ustrašený vzlyk.

„Ještě pár set metrů a máme to za sebou," pokusil se spláchnout obě možnosti povzbuzujícím tónem. Pak kolem nich pražský podzimní den přestal existovat, tunel se zkroutil do zatáčky a zůstala jenom tma a nesmělé odlesky jejich svítilen.

Z nichž jedna během několika následujících vteřin unaveně vyhasla.

„A tohle má být jako co?" zahučela Markéta a naslepo rukou pátrala po tlačítku vypínače.

„Nech to být a pádluj," ukáznil ji Šimon, „ta moje bude stačit." Čímž si ale vůbec nebyl jistý, poněvadž obě čelovky ráno nakrmil baterkami ze stejného balení. Přece se tak rychle nemohly vybít, říkal si, ledaže by Markéta tu svoji nechala omylem zapnutou.

Jeho úvahy vzápětí přerušilo zapištění a Šimon se stihl otočit dostatečně pohotově na to, aby na chvilčku uvěznil v kuželu světla vypasenou krysu hovící si na hromadě naplavených větví. S obavami střelil bledými paprsky po Markétě. Strnule hleděla do temnoty před sebou.

„Nemůžu uvěřit, že tě tenhle druh zábavy skutečně naplňuje," pronesla mrtvým hlasem.

„No, tohle tady zrovna není reprezentativní ukázka vodáctví, víš?" bránil se. „Kdybys tušila, jak krásně je na opravdické řece, když zafouká vítr a zašumí lesy…"

„A záda ti poštípou komáři a kolena máš spálená od slunce," vytáhla Markéta zjevně nestárnoucí vzpomínku.

„Můžeš se nastříkat repelentem a namazat opalovacím krémem," namítl. Markétino pohrdlivé odfrknutí však pod tíhou slábnoucího světla sotva vnímal. Co to s těma baterkama u všech všudy je? V duchu jadrně proklínal pochybnou kvalitu zboží na jeho vkus příliš často navštěvovaného hypermarketu a usilovně při tom pracoval pádlem ve snaze zkrátit dobu strávenou v tunelu na minimum. Marně.

Čelovka v posledním pokusu prozářit podzemní prostory chabě zamžikala a zhasla.

Trvalo dobré tři vteřiny, než to Markétě došlo.

„To si děláš srandu," oznámila a přes naprostý nedostatek tázacího tónu bylo zřejmé, že napjatě čeká na kladnou ujišťující odpověď.

Šimon opatrnými pohyby pádla pomalu vedl kánoi k tušené stěně tunelu a snažil se upamatovat, kam schoval náhradní baterky.

Vtom Markéta zaječela a začala se prudce naklánět ze strany na stranu.

„Co to děláš, sakra, převrhneme se!" hartusil na ni.

„Něco tady je! Sáhlo to na mě!" skučela Markéta. Ze zmítání kánoe a zvuků třeskutých úderů o příď, hladinu i kamennou zeď si Šimon v černočerné tmě udělal poměrně barvitý obrázek, jak kolem sebe bezhlavě mlátí pádlem. Měl co dělat, aby loď udržel na vodě. A třebaže pod sebou proud Botiče sotva vnímal, cítil zcela zřetelně, jak s sebou špinavý potok odnáší do neznáma poslední zbytky jeho trpělivosti.

„Okamžitě s tím přestaň! Nebo přísahám, že tě hodím do vody a nechám tě tady," zahrozil. Ani nemusel zvýšit hlas – rány okamžitě umlkly a kánoe znehybněla.

„To by ses neodvážil," pronesla po chvíli ne zrovna sebejistě.

Neodpověděl, veškerou pozornost totiž upínal na přehrabání svých kapes. Náhradní baterky nenahmatal, ty se zřejmě povalovaly někde na dně lodního vaku, ale najít v mobilním telefonu oblíbenou aplikaci simulující světlo baterky mu nezabralo ani pět vteřin. Světla z toho, pravda, mnoho nebylo, ale stačilo na to, aby dohlédl na Markétinu vyděšenou tvář.

„Neboj," řekl, „zachytává se tady spousta svinstva, asi se o tebe prostě jen něco otřelo. Vezmi si ten telefon, sviť dokola a říkej mi, kudy mám jet. Za chvíli jsme odsud venku, uvidíš." Podal jí mobil a odrazil od břehu.

Telefon se před ním míhal jak křídla vodního ptáka vzlétajícího z hladiny řeky.

„Tohle je na nic," stěžovala si po pár metrech, „nedohlídnu s tím pomalu ani na vodu!"

„V klidu. Já ten proud pod námi celkem slušně cítím. A jez včas uslyšíme."

„Jez? Tady je někde jez?" Netušil, že někdy uslyší Markétu mluvit fistulí.

„Jenom takový malý," odpovídal honem, „ten ani nestojí za řeč."

„Já tě vážně nesnáším. Tebe a ty tvý debilní koníčky," přeskakoval jí hlas.

„Slibuju, že už tě s sebou na řeku nikdy nevezmu," ucedil na půl úst a pokoušel se soustředit na pohyb vody pod lodí.

„Tak to je mi teď platný," hudrovala, náhle však ztichla a mobil jí klesl do klína. Nehnutě zírala před sebe. A Šimon to spatřil taky.

Silná záře baterky jim svítila vstříc a mihotavě se odrážela na vlnící se hladině.

„Někdo tam je," šeptla Markéta, „on tam vážně někdo je!"

„Hej, ahoj!" zavolal Šimon. „Počkejte na nás, prosím! Přišli jsme o světlo." A mocně zabral pádlem.

„Nehýbe se," jásala jeho přítelkyně – jestli o ní ovšem ještě stále mohl uvažovat tímto způsobem. „Slyšeli nás!"

„Mávej pořádně tím mobilem, ať nás taky vidí," nabádal ji, „nechce se mi tady s nikým zbytečně srazit."

Markéta se opět chopila telefonu a Šimon držel směr. S majákem před nimi to teď měl mnohem jednodušší. Řítili se vpřed tunelem a on přemítal, která loď se vydávala k Vltavě před nimi jako poslední. Přece to musí být ona. Doufal jen, že také nemají nějaké potíže.

„Pozor, něco tu…," vřískla Markéta a už to Šimonem hodilo dopředu, že málem vypadl z kánoe. Prudký náraz, praskot větví, skřípění přídě o překážku, do které vletěli v plné rychlosti, drhnutí a vrzání, škrábání a lámání, sprška vodní tříště a Šimonův telefon opisující půvabný světelný oblouk, s nímž elegantně zaplul pod hladinu, jak ho Markétě setrvačnost vyrazila z ruky. Lapla po něm, ale kánoe se naklonila a ona se křečovitě chytla bortů.

Šimon sprostě zanadával, vyklonil se z lodě a pátral v potoce po světle mobilu. Voda už opadala, nemohlo tady být hluboko a ten krám byl v nepromokavém pouzdru. Nic však neviděl.

„Mohli byste nám pomoct, prosím?" zavolal netrpělivě dopředu. „Nějak jsme se tady zasekli a nevidíme na to."

Světlo se pohnulo a pomalu se rozhoupalo jejich směrem. To není jen tak nějaká čelovka, uvědomil si Šimon, to je svítilna jako blázen. Ale kde nechali loď?

„Mohli byste mi laskavě přestat svítit do očí?" zakrývala si Markéta nerudně tvář. „Nerada bych tady ještě oslepla."

Světlo přejelo přes hromadu harampádí nakupenou u břehu, do které to Šimon nabořil. Vévodil jí obrovský trouchnivějící pařez stromu – jak se sem tohle mohlo dostat, říkal si Šimon, ale vzpomínka na nedávný přívalový déšť mu ihned odpověděla.

„Tak ty bys nerada oslepla, kočičko?" promluvil odkudsi z prostoru za baterkou nakřáplý hlas. „Já teda nemam pocit, že by ti zrovinka todlencto hrozilo, nebo se pletu?" Drsně se zasmál a Šimon by přísahal, že ho ovanul pach laciné kořalky. „Kdepak jste nechali světýlka, vodáčci?" protáhl lenivě a Markéta se instinktivně přikrčila. Opilců se vždycky bála a Šimon nyní začínal chápat proč.

S nepříjemným bodáním v žaludku si uvědomil, že má z tohohle neznámého chlapa stejně špatný pocit jako z těch otravných opilců, kterým se čas od času uprostřed noci připletl do cesty v zapadlých pražských uličkách. Nikdy si nebyl jistý, zda od nich má očekávat jen nesouvislé připitomělé řeči nebo rovnou kudlu v břiše. Přestal proto píchat pádlem do dna ve snaze kánoi osvobodit z nakupeného svinstva a ostražitě vyčkával, co z tohohle setkání vzejde.

„Baterky se vybily," podotkl neutrálně, snad aby nedal najevo, jak se v něm obavami bouří všechny smysly, ten šestý především.

„Tak vybily, povidáš," ozvalo se pohrdlivě. „No to je teda pech." Pochechtávání přešlo ve výbuch smíchu, který se rozlehl tunelem jako burácení mořských vln narážejících na stěnu pobřežní jeskyně. „Osamocený vodáčci v tunelu a bez baterky. Měli byste si dát bacha. Takhle ve tmě by vám do lodě mohly naskákat krysy. Jsou furt hladový. A jsou jich tady plný břehy."

„A vy jste co zač? Nějakej krysař s píšťalou, nebo co?" odsekl Šimon dopáleně.

„To spíš šílenej dřevorubec s motorovou pilou," opáčil chlap konverzačním tónem a sklonil svítilnu k nářadí v levé ruce. Vodicí lišta s řetězem se v namodralém světle vyjímala obzvlášť působivě.

„Já chci pryč," zakňourala Markéta, popadla pádlo a začala se překotně odstrkávat dozadu. Šimon neváhal a přidal se k ní. Od tohohle ožraly s pilou chtěl mít patřičný odstup.

„Mhmm, to asi jen tak nepude," vysmíval se neznámý jejich zoufalým pokusům.

„Nechte nás na pokoji!" vyjela na něj Markéta, teď už znatelně vyděšená.

„Na pokoji? Ale, ale, vodáčci, to vy jste přeci volali vo pomoc," bavil se chlap.

„Tak nám pomozte!" vyštěkl Šimon. „Odtáhněte nás zpátky na vodu. Nebo nám třeba půjčte náhradní baterku, jestli nějakou máte. Zaplatím vám za ni!" napadla ho náhle zdánlivě spásná myšlenka.

„Baterku? Na co by mi, prosim tě, byla náhradní baterka? Já tu kliďánko můžu bejt úplně potmě." A světlo v mžiku zmizelo.

Šimon se zběsile rozhlížel kolem sebe, mrkal a snažil se zahnat ohnivé čáry vypálené na sítnici. Nic neviděl a se světlem jakoby utichly i všechny zvuky. Jen v jeho hlavě to bolestivě tepalo a přes tu krev, kterou mu srdce horečně pumpovalo do zavařujícího se mozku, málem ani neslyšel Markétino vyděšené úpění.

„Rozsviťte, sakra, to vás vážně baví, ji takhle děsit?" vyhrkl a hlas ho usvědčoval z vlastního bytostného, instinktivního strachu, který ho v té chvíli málem ochromil a celého ho prostoupil pachem plísně a tlejících odpadků. Zapáčil pádlem proti dnu a ucítil, jak se loď pohnula.

Světlo se objevilo přímo vedle Markétina obličeje.

„Baf!" zaječel jí šílený smích těsně u ucha.

Markéta zavřískla a ohnala se pádlem.

Kdyby chtěla tu svítilnu úmyslně trefit, nepodařilo by se jí to bezpochyby ani na padesátý pokus. Takhle ji ale zasáhla zcela neomylně, roztříštila její kryt, vyrazila ji neznámému z ruky a poslala ji na dno za Šimonovým telefonem.

Chlap zařval bolestí – zřejmě trefila i jeho prsty.

„Ty krávo pitomá!" sápal se na Markétu – nebo to tak alespoň Šimonovi připadalo s ohledem na všechno to praskání, šplouchání a tupé rány Markétina pádla. Podle výkřiků musela toho chlapa trefit ještě nejméně dvakrát, než se Šimonovi konečně podařilo vyprostit kánoi z hromady naplavenin a zamířit tam, kde tušil volný prostor.

V absolutní tmě se musel spolehnout pouze na svůj smysl pro orientaci. V jedné chvíli narazil s lodí na protilehlou stěnu tunelu a sedřel si o ni kůži na kloubech prstů svírajících hlavici pádla, odpíchl se tedy blíž ke středu toku a přehodil pádlo na druhou stranu, aby nenarazil zpět do té hráze z vyvráceného pařezu, větví a odpadků. Namísto toho ale udeřil do čehosi měkkého, byl to ten chlap, chytil Šimona za list pádla a začal mu ho páčit z ruky. Pádlo bylo naštěstí v těch místech dostatečně kluzké od olejnaté vody, a tak se Šimonovi s vypětím sil podařilo vyrvat ho neznámému ze sevření. Máchal jím ve tmě sem a tam a nejspíš toho šíleného mužského znovu zasáhl, neboť ten vydal rozlícený skřek. Šimon znovu ťal, tentokrát už zcela bez zábran, a pak už byl slyšet jen pád těla do rozbouřené vody.

Jekot rázem utichl. Trvalo pouhých pár vteřin, než se hladina potoka srovnala a opět se nevšímavě rozběhla k Vltavě.

„Kde je?" kňučela Markéta. Loď doslova vibrovala jejím strachem.

„Já nevím," vydechl Šimon přerývavě, ostražitými pohyby pádla prozkoumával tmu jako nevidomý slepeckou holí a násilím se nutil ke klidu. Téměř nedýchal, jak bedlivě naslouchal vodě běžící kolem nich.

Pak se tma rozeřvala ohlušujícím rachotem motorové pily.

„Svině," zaznělo pomstychtivě z mnohem větší blízkosti, než Šimon doufal.

„Pryč!" zakvílela Markéta. „Dostaň nás odsud!"

Řev pily letěl vzduchem k nim.

Šimon nikdy v životě nezapádloval tak usilovně. Těsně se prosmýkli kolem hráze z naplavenin, motorové hřmění možná jen o centimetry minulo jeho hlavu a on si málem vykloubil obě ramena, jak rval pádlem zepředu dozadu, vpřed a vzad, před sebe a za sebe a odrážel jím všechno, co se mu připletlo do cesty. Zklamané lidské zaržání působilo ještě hrozivěji než neosobní vrčení mechanického stroje, Šimon se instinktivně přikrčil pod tlakovou vlnou cizincovy nenávisti, která se prohnala tunelem, a vší silou prodlužoval vzdálenost mezi nimi, dokud si nebyl jistý, že jsou mimo jeho dosah.

Veškeré řízení lodi pak zcela přenechal proudu, po němž uháněli jak na tobogánu. Dávno nevnímal těžkou, vlhkou, zapáchající tmu, necítil chlupy bolestivě se ježící po celém jeho těle a neslyšel ani Markétu, která leknutím vykvikla pokaždé, když narazili na jednu nebo druhou stěnu tunelu. Zas a znovu nořil pádlo do vody, odpichoval se od mělčin i kamenných zdí, krotil loď nebezpečně rozhoupanou Markétiným frenetickým odstrkováním všeho, co se o ni otřelo, a ze sílícího hukotu si vzdáleně uvědomoval, že tady někde musí být –

„Jez!" vyjekla Markéta, ale už nestačila tuto myšlenku dál rozvinout, neboť jím proletěli jak na vzduchovém polštáři a Šimon v jediném okamžiku zúročil všechny vodácké zkušenosti, které v životě nasbíral.

Nepřevrhli se, protože se zkrátka nemohli převrhnout, zakázal si na takovou eventualitu byť i jen pomyslet, natož aby dopustil její uskutečnění, prostě neustále dál a dál pádloval, dokud nezahlédli spásný obdélník světla ohlašujícího ústí potoka do Vltavy. Teprve pak trochu zvolnil tempo a v ustrašeném tichu doklouzali k řece.

Vynořili se pod náplavkou, jako kdyby vylezli z vlhkého hrobu. Šimon navedl loď pár metrů od břehu a pak se k němu natočili bokem. Kánoe se pomalu houpala na vlnách, ani jeden z nich však to uklidňující, mazlivé šplouchání řeky nevnímal. Oba nevěřícně zírali zpět do temnoty tunelu, Markéta nekontrolovatelně drkotala zuby a tiše pofňukávala a Šimonovi začínalo všechno pomalu docházet – že sotva popadá dech, že téměř necítí paže ztrhané námahou a chvění prstů křečovitě svírajících pádlo a že právě potmě projeli tunelem, kde se na ně vrhl psychopat s motorovou pilou. Neovládl se a zasypal tu černou díru přívalem sprostých nadávek.

„To teda," souhlasila s ním výjimečně Markéta a zcela v rozporu se svojí výchovou jich ochraptělým hlasem ještě pár přihodila. „Co to sakra bylo?" dodala, když si klením ulevila natolik, že jí hlava přestala cukat sem a tam šokem z prožité hrůzy.

„Nemám tušení," zabručel Šimon podrážděně. Jeho vlastní hlavou teď vířilo na tisíc myšlenek, dohadů a pochybností a na Markétiny příspěvky do diskuze neměl náladu. Ani na její výčitky. „Aspoň si máš na příštím sezení o čem popovídat s tou svojí manželskou poradkyní," dodal proto sarkasticky.

Ohlédla se po něm, jako by se pomátl na rozumu. Tvář měla ulepenou od špíny. A od slz.

„No co?" bránil se jejímu obviňujícímu výrazu. „Přece to při té terapii takhle říkala, ne? Že při budování a upevňování partnerského vztahu není nad společné zážitky."

„To myslíš vážně? Fakt jí mám vyprávět, že jsme se o víkendu rozhodli vydat do jednoho místního kanálu, napadl nás tam šílenec s pilou a my jsme ho umlátili pádlem?"

Šimonovi zacukaly koutky úst hysterickým smíchem.

„Botič není kanál. Je to potok," prohlásil důstojným tónem. „Ano, ústí do něj sice jedna odlehčovací stoka vyhlášená mezi milovníky pražského podzemí, ale přesto…"

Markétin obličej dával zřetelně najevo, co si myslí o tomto nepodstatném rozdílu. Pak zabloudila očima zpět k ústí tunelu, jako kdyby čekala, že tam v příští chvíli spatří toho chlapa, jak se na ně žene s pilou v ruce. Popotáhla a obrátila se zpět k Šimonovi. Mlčky na sebe hleděli jako dva blázni.

„Lidi, jste v pohodě?"

Šimon se omámeně probral z postupující hysterie a stočil zrak na kamaráda Paďu, který stál na náplavce, v ruce třímal věci, na jejichž balení očividně zcela zapomněl, a s nevírou v očích je pozoroval. V jeho výrazu bylo cosi podezřele zaraženého.

„Zvládli jste to projet?"

Šimon potřásl hlavou, pohnul pádlem a dovedl kánoi ke břehu. K Markétě se ihned natáhlo několikero ochotných paží. Odmítavě pohodila rameny, sama se vyhoupla na náplavku a rázně odkráčela do bezpečné vzdálenosti od vody. Objímala se rukama kolem těla a třásla se víc než blízký železniční most při přejezdu vlaku.

„Já dovopravdy netušil, že se ještě chystáte do tunelu," pokračoval Paďa. „Když jsi pod Grébovkou řekl, že jdeš najít Markétu, bral jsem to tak, že to chcete zabalit. Jinak bych nikdy, přísahám…"

„Co?" nechápal Šimon.

„Nepučil si vaše čelovky," zajektal Paďa provinile. „Ty moje… no, asi do nich nateklo, jak jsme se tak blbě cvakli na tom jezu před prvním tunelem, a pak, no víš, pak už na ně nebyl spoleh, ale nechal jsem je u tebe v kánoi namísto těch vašich, abys je zbytečně nehledal, protože jsem myslel, že si je pak zase vyměníme…," drmolil Paďa.

Šimonovi, který ho zprvu poslouchal jen zčásti a větší díl pozornosti věnoval napůl zhroucené Markétě opírající se o zeď, chvíli trvalo, než tyhle nejnovější poznatky vstřebal.

„To má být vtip?" osopil se na Paďu, a byl by mu nejspíš i jednu ubalil, kdyby si to v poslední chvíli nerozmyslel a nezarazil se. Nakonec jen odevzdaně rozhodil rukama. „Ty pitomče, málem nás tam…" Ne, ne, i přes tu hrůzu, kterou zažili, to ještě pořád působilo příliš neuvěřitelně. „Málem jsme tam zařvali!"

„Ale no tak, snad to zas nebylo tak zlý, dyť vypadáte voba docela zachovale," pokoušel se to Paďa zlehčit.

Šimon se prudce nadechl a málem už spustil o tom, co se jim v tunelu přihodilo. Pak raději s nuceným klidem opět vydechl a na chvíli vyčerpáním zavřel oči.

„Mohl jsi mi zavolat," zkonstatoval sklesle.

„Promiň. Já ale fakticky nečekal, že bys Markétu do toho tunelu dostal, viděl jsem přeci, jak se celej den tváří. A vona by ti nedovolila, abys ji v tomhle vohozu nechal uprostřed města a dokončil to sám," kývl jejím směrem.

„Ty tomu nějak rozumíš," ušklíbl se Šimon, pro jistotu však nechal Paďu být, poněvadž představa, jak ho hází do řeky,

byla ještě pořád příliš lákavá. Raději se vydal za Markétou. Ta
se již částečně vzpamatovala a nyní se vedle kánoe s odporem
zbavovala navlhlého oblečení.

„Ani to nezkoušej," varovala ho, stojíc k němu zády, a hlas
se jí chvěl stěží potlačovanými emocemi. „Nezkoušej se tvářit,
jako že se nic nestalo."

„To bych se ani neodvážil," ujistil ji vážně a podržel jí lodní
vak, z něhož se snažila vydolovat svoje městské oblečení. Ten
nepříjemný pocit, který přetrvával v oblasti jeho žaludku, byl
až příliš skutečný. Překvapeně si ho změřila pohledem a jejím
obličejem prokmitl vděk. Že ji odsud dostal. A že se přitom bál
stejně jako ona.

„Vy jste projížděli tunelem jako poslední?" přerušil jejich
tiché souznění chlap v montérkách s logem Lesy hl. m. Prahy.

Šimon koutkem oka zpozoroval, jak se Markéta zarazila
a podezřívavě přivřela oči. On sám zpozorněl, ale navenek jen
neurčitě pohodil rameny a dál se zabýval přerovnáváním věcí
ve vaku.

„Neviděli jste tam někde chlápka vod nás? Máme tady
dneska na starost údržbu Botiče, víte? Ten náš kolega je tako-
vej vysokej, mohutnej, měl by s sebou mít řetězovku – šel tam
výlezem, jak je železniční podchod, co vede z Vnislavovy na
Albertov, aby rozřezal ten pařez, co se prej zachytil v tunelu.
Jenže ten vožrala místo toho určitě zas někde sedí v hospo-
dě…" Vtom mu v náprsní kapse zazvonil mobil, on se omluv-
ně pousmál a ustoupil stranou.

Šimona mimoděk napadlo, že jestli toho chlapa s pilou v tu-
nelu přizabili, najde se na dně potoka jeho vlastní ztracený te-
lefon. Jednoznačný usvědčující důkaz. Vrazil ruce do kapes
a zachmuřeně nohou okopával nánosy bahna z boků kánoe.
Vlastně dost dobře nevěděl, co by teď měli podniknout. Va-
rovat ostatní vodáky zřejmě nemělo smysl, zdálo se totiž, že
se skutečně vydali do tunelu jako poslední. Nikdo už nikoho
dalšího nečekal a voda definitivně opadla. Tak snad uvědomit

policii, že se tunelem potoka Botiče prohání životu nebezpečný šílenec?

„Jak jsem říkal," hlásil údržbář toku vítězně, sotva dotelefonoval. „Ten nebetyčnej vůl mi zrovna volal! Že prej ho v tunelu zmlátili nějaký vodáci. Prosim vás, stodvacetikilovýho chlapa s motorovkou v ruce – věřili byste, že si někdo může takhle vymejšlet? Vopravdu jste ho nepotkali? Toho byste totiž jen tak nepřehlídli."

„Ne, nikoho takového jsme neviděli," přerušila ho Markéta rázně. „Nebo si myslíte, že bychom někoho jen tak bezdůvodně napadli?" pohlédla mu neochvějně do očí. Šimon nad tou troufalou lží sotva stačil zalapat po dechu. Třebaže ji znal už léta, dokázala ho Markéta svým sebevědomím vždycky znovu překvapit.

„To teda asi ne," zamrkal údržbář a vesele se zasmál. „Tak teda díky a šťastnou cestu."

„No co?" škubla o chvíli později Markéta rameny, když se střetla s Šimonovým vyjeveným pohledem. „Doufám, že ses nechtěl přiznat? Ten idiot si za to může sám. Nemá dělat blbý fóry a děsit lidi. Vždyť nás mohl zabít."

„No právě," přitakal Šimon. „Neměli bychom to ohlásit? Co když příště napadne někoho jiného?"

„Skoro bych řekla, že ten to hned tak zkoušet nebude," zakřenila se Markéta zlomyslně. „A já se teda rozhodně nenechám zatáhnout do žádného nesmyslného vyšetřování."

Celý zaskočený pátral v jejím obličeji po vysvětlení nenadálé změny v jejím chování. Jestli se z toho šoku náhodou nezbláznila.

„To snad není možný! Tobě se to líbilo!" užasl, když konečně pochopil.

Markéta odmítavě zrudla, ale poté se na něj váhavě, leč spiklenecky pousmála.

„Tedy, bylo to na mě trochu moc akční. Tak moc, že jsem se málem zbláznila strachy," připustila. „Ale zlo bylo potrestáno a především všechno dobře dopadlo. Hlavně, že to mám za sebou. To je na vodě pokaždé taková legrace?"

Vykulil oči, když se k němu přitiskla a něžně ho objala kolem krku – přesně jako v dobách, kdy ještě nevěděli nic bližšího o svých rozdílných koníčcích. Ta vztahová terapie má zřejmě přece jenom něco do sebe, říkal si. Příště bychom třeba mohli zvládnout i tu Vltavu. Myslel tím samozřejmě řeku, jejíž zamilovaná píseň jim teď přátelsky šuměla do uší. Jak ale objetí pokračovalo, nabýval dojmu, že by nakonec možná zvládl i tu Smetanovu.

Eva Maříková

Hospoda „u zlomenýho ráhna"

Město se přehřívalo. Horký vzduch rozpálil kočičí hlavy v ulicích tak, že kdyby na ně upadla síťovka vajec, sloupli byste už jen hromadu volských ok. Fasády budov vybělilo slunce do té nejbělejší bílé a jestli by měla tahle výheň ještě nějaký týden trvat, nebylo v barevné škále kam pokračovat. Koryto řeky rozdělilo město na dva nepravidelné cáry nejen želatinovou hladinou, ale i puchem z obnažených břehů. Leklé ryby uvízlé v bahně měnilo slunce okamžitě na uzenáče. Čerstvě vyklubané jepice se nestačily v tom vedru ani rozhlídnout. Náhodný příchozí by považoval dopravní značku D38a na začátku města jako docela dobrej fór. Šedesát dnů trvající pařáky přepálily mátožné postavy v svraštělá těla právě vyhrabaných faraónů a jindy svěží zelenou krajinu v prach.

Z otevřeného okna hospody U Zlomenýho ráhna vlétaly do ulice Na Hrázi úlomky ledabyle domáčknutých akordů a stejně jako vše živé, přepálilo slunce i je v chrastivé škvarky.

Společnost kolem stolu v chladivém příšeří hospody se očividně nudila. Radim stoupal a klesal bříšky prstů po hmatníku kytary v sestavě krkolomných prstokladů a očima škrábal po zádech výčepního o další pivo. Výčepák Petr, mimo hospodu přezdívaný Slimák, setrvával už půl hodiny zaklesnutý mezi pípu a regál na půllitry s očima přilípnutýma ke sklu televizní obrazovky.

„Už je to jako dole," ulevil si konečně naštvaně Radim a plácl celou dlaní do lubu kytary.

„Nehoří," vrátil mu Petr od pípy přes rameno jako že ví, komu to plácnutí patří a pak zařval: „Do pr... kýnka dubovýho, kam čuměl!" rychle se pokřižoval a stejně hlasitě pokračoval: „I slepej by viděl, že je to jasnej faul!"

„Tak, Petře. Tři, kafíčko a dva paklíky Letek," probudil se řevem v rohu klimbající děda Kučera.

„No viděli jste to? Viděli jste to?" otočil se výčepní konečně do hospody a kapičky slin vyprsknuté před světlo obrazovky zazářily jako jiskry autogenu. „Vždyť ho to ho..." ruka automaticky spojila čelo s hrudí a obě ramena, „vždyť ho ten holomek sundal zezadu dávno po přihrávce! No, nemám pravdu? Co říkáte?"

„Že máme žízeň," zařvala celá společnost u stolu a napřáhla k němu ruce z vysušenými půllitry.

„Abyste se nepoto."

„Pane vrchní, čtyřicet Danielsů," otevřely se dveře od salónku a v nich zazářila nejdřív pleš a potom i klopy oleštěného saka.

„Hned to bude," uklonil se Petr až zadunělo čelo o plech pípy a začal rovnat na pult eskadru vypulírovaných panáků.

„A co my?" zavřeštěla nevěřícně společnost u stolu.

„Jó, pánové. Štamgast je štamgast a kvalitní nápoj je holt kvalitní nápoj. Vás aby člověk ukecával vo jeden malej rum," odsekl Petr a sklonil se rychle pod pult k mrazáku aby neviděli, jak mu cukají koutky radostí, že jim to dal.

„To bylo keců o spravedlivý společnosti," čertil se u stolu Radim.

„O řece plný vody, o šlajsnách, o květákách a vracákách s vodou hustou jako malvaz, kde si do kéni nenabere ani poslední zoufalec," přidala si Zuzana.

„Vo hospodách prosycených vůní rumu, vo utopencích, co jen vykukujou z haldy cibule, vo hostinskejch, co vodákům otvírají dveře s úsměvem a servírkách, co se předkláněj tak, že Macocha je proti tomu pohledu jen důlek na kuličky," podíval se Vojtěch skrz prázdnou sklenici na vytrčený zadek výčepáka.

„A zatím," zvýšil Radim hlas, aby Petr pod pultem všechno pěkně slyšel. „Stejnej hampejz jako v Sušici u nádraží!"

„Jako U Báby na Spolí," přisadila si Zuzana.

„Jako U komunisty na Nový řece..." zaťal Vojta tvrdě.

„To si nemusel," vynořil se Petr za pípou.

„Pivo!" zavřeštěli na něj z plných plic.

„Tak, Péťo. Bylo to čtyři desítečky, kafíčko s malým a dva paklíky Letek," vyskočil v koutě zase děda Kučera a rozsypal drobné po celé desce stolu.

„Tak to si nemusel," zopakoval ještě jednou smutně Petr a vyrazil s plným podnosem cinkajících skleniček ke dveřím salónku.

„To jsi, fakt, nemusel," podívala se na Vojtu vyčítavě Zuzana.

„Protože pořád leze do prdele těm panákům z Titaniku," odsekl jí Vojta a pro jistotu se dvakrát pokřižoval.

„A já vám říkám, že nejlepší je rožmberská šlajsna. Pěkně při levý koze, až do prvního vracáčku, potom zalomit a pěkně doleva ven. A když sedí někdo trochu schopnej na háčku, třeba jako moje bejvalá, přísahám, ani kapka," odložil Radim kytaru a napil se z čerstvě doneseného piva.

„Byla," olízla si pěnu z horního rtu Zuzana. „Než tam postavili ten retardér, tak byla. Teď to projede i šedesátiletá rakouská babička s artrózou všech kloubů. Ale takovej zámeckej jez v Krumlově, to je jiný kafe."

„Brrr. Ještě teď mě z toho studí," otřásl se Vojta.

„A jó," soustředily se na něj všechny pohledy.

„Tak povídej," poplácal Vojtu po zádech na usmířenou Petr a přisunul si židli.

„Nechechtejte se, ale kvůli fotce. No vážně, kvůli fotce. Tedy, tak trochu i kvůli frajeřině, tak trochu z blbosti a tak trochu i kvůli tý zrzce. Fakt krásná holka. Ale víte, jak je to s krásnýma holkama. Hormony se začnou cukat, prd je platná studená voda, v kajaku je pro další kus těla málo místa a protože hezký ksichty skoupili lidi jako je Ledecký, nemáte už moc na vybranou jak dokázat, že jste kus pořádnýho samce.

Tu šlajsnu jsem docela dobře trefil. Všiml jsem si jí těsně před tím, než jsem zabořil špičku do toho napěněnýho vývaru. Stála na náplavce s připraveným foťákem. Pěkně opálený nohy, stehna natěsno zaříznutý do odvážně vysoko ustřižených riflí, pod zadečkem takový ty bochánky, co maj jenom některý ženský a v tričku přeplněno. V mý hlavě zase naopak prázdno. Udělám jí radost, říkám si. Pěkně to tam sklopím, chvilku se budu jako snažit, ať to je trošku akční a až bude ječet pěkně o pomoc, zvednu parádní eskymo, zaseknu pěkně pod těma nádhernýma nohama a jen tak, jako že zvedat kajak eskymem v divokým vývařišti pod krumlovským zámkem je pro některý lidi stejně náročný jako pro jiný třeba dejchání, jen tak prohodím, že Na Louži sedí dneska večer Žalman s celou kapelou.

Tak jsem sebou párkrát zacloumal, opakovaně jí ukázal napumpovaný biceps s kusem pádla ve šlehačce vodní tříště, a když plíce začaly řvát hlady po vzduchu, pěkně jsem se stočil, položil pádlo na plocho a odplácl to akorát tou silou, abych se ztopořil na hladině. Ještě si říkám, až se dostaneš nad vodu, nefuň hned jako bejk, ať nezůstaneš na citlivý vrstvě filmu tý zrzavý kočky jako žába z oboustranným zánětem sanice. A jak jsem rval hlavu nad hladinu, vidím krytku na objektivu foťáku, prst prolomený na nefunkční spoušti a nechápavou křeč v obličeji, jako když někdo nastydne na ledviny a hrozně chce a nemůže. Tak jsem to pustil zpátky pod hladinu, prstíčkem vydloubal i ty poslední zbytky vzduchu z plicních sklípků a komůrek, předklon, pádlo naplocho, odplácnutí a v poslední chvíli ven. A jen vyteče voda z očí, přede mnou špice dalšího kajaku, a najednou mně bylo úplně jasný, jak bylo klukům ze sedmičky na Malém Bighornu.

Ještě slyším: *Karle, kde se tam vylíh ten magor?* To řvou ty pěkně opálený nohy, bochánky pod zadečkem a přeplněný tričko a už mně bylo úplně jasný, že jestli teďka zbaběle nevykrysím, nebudu polykat, ale přímo žrát andělíčky. A než jsem nahmatal trhací ouško na šprajdě, přehobloval mně Karel čelo železníkem, poplácal listem pádla přátelsky po tváři a určitě se vítězně zašklebil do foťáku tý zrzavý škeble."

„Blbý," prolomil ticho v hospodě Radim. Ostatní zvedli sklenice ze stolů a dlouho, dlouho pili zbytek piva, protože nebylo co říct. Stejně jako není co říct na pohřbu pratety, kterou jste viděli naposled když vám byly tři roky a navíc si pamatujete jen to, že do vás tenkrát cpala plesnivou čokoládu na vaření.

„Zahraj," podal přes stůl Vojta kytaru Radimovi. „A Jantarovou zemi od Žalmana. Když už jsem nemohl tenkrát Na Louži."

„Tak. Péťo," probudil zpěv dědu Kučeru. „Bylo to pět desíteček, kafe s velkým a dva paklíky Letek," vyskládal děda řádku stříbrných mincí do řady.

„Houby si už pamatuje," zašeptal Petr u stolu. „A tak vždycky, když se vzbudí, radši si jedno připočítá."

„A jak se sem dostal?" zeptala se Petra polohlasem Zuzana.

„Starej vorař," sekl po něm Petr pohledem.

„Ježišimarjá! Takže vodák!" neovládl se Radim. „Čučíme tady na vás celý večery a ani nás netrklo. Jé dědo! Pojďte k nám."

„Ale, no tak," zakabonil se Petr.

„Ježišikriste, sorry," odfláknul Radim křížek a řítil se k vedlejšímu stolu pro židli.

Petr zakroutil nevěřícně hlavou a zapíchl do vzduchu dva prsty.

„Tejdletej muzice já moc nerozumim. Teda, že to je kytára, to vim," podíval se Kučera na nástroj vyhřívající se na parapetu okna. „Ale za nás se hrávalo jinak. To v Praze, v hospodě Na

Výtuni, hrál heligónku nějakej Stoklasa. A ten jak to zmáčknul, šla hláška Nuselským údolím až do Hrdlořez, proti vodě až do Braníka a po vodě až k Milosrdnejm, co sloužily jeptišky od svatý Anežky. A to jste měli vidět, co dokázal udělat ten inštrument s paničkama za divy. Jednou přiběhla do hospody panička až ze Strašnic, mísu těsta přilepenou na pupku, a co prej jí to Stoklasa dělá, že měla právě zaděláno na knedlíky. Jindy zase poslaly ženský ze Smíchova delegaci, ať Stoklasa ještě hodinu počká, nebo ať si přijde ty krávy podojit sám. A to nechci ani pomyslet na to, kolik chudáků dodejchalo U Milosrdnejch, protože jak zmáčknul Stoklasa heligónku, vytáhly jeptišky na nábřeží a i skrz ty sukně až na zem bylo vidět, že jim to kroutí nohy jako pacientům s padoucnicí. A vůbec nejživějc Na Výtuni bylo, když jsme přirazili my. Už vod Davlí šla zpráva, že jedou šlachovitý kluci z Šumavy. A jak jsme seskákali z vorů, od pasu spálenou kůži dohněda z peřejí Otavy a Vltavy, provoněný loukama a smolou, svaly vyrýsovaný a pevný jako houžve ze smrkových větví, chtěla si do nás každá ta panička pražskejch Pepíků štípnout, dloubnout. Otlapkat, pomačkat, prohníst si to ztvrdlý maso, který je úplně jiný, než co znaly z povolených panděr sejrovitých tatíků. A jen zakňučela heligónka, a jen co klaply dveře hospody, naplnili jsme dlaně odřený od bidel poddajným masem naducaných zadniček, brodili se prstama ve vlnkách roztřesených faldíků a někdy ani Stoklasa třetí písničku nedohrál, a vyšehradskou strání prosvítala běl bombardónů, kombiné a spodniček. A čím větší tma, tím víc krásně zakulacených měsíců svítilo z tmavé oblohy stráně, a tím víc přibývalo zoufalého volání z údolí po Mařenkách, Aničkách, Jiřinkách, Pepinkách a já nevím kom ještě. Za mnou chodila nějaká Amanda. Už to jméno mi mělo bejt podezřelý. Amanda. Až pozdě jsem se dozvěděl, že jí starej obtesává každej páteční večer v jednom z pražskejch kabaretů kolem dokola jak břitva ostrýma kudlama. A že to uměl! Ani jsem nestačil ten vor odvázat…"

„Pane vrchní! Dalších čtyřicet Danielsů," zablýskala hlava ve dveřích salónku.

„Dědo, s dalším povídáním počkejte," zaprosil Petr a než naplnil čtyřicet skleniček tekutým zlatem, děda Kučera sladce usnul.

„Nebudete mi to věřit, ale já mám nejradši Otavu. A tady Charlie taky," strčila doposud tichá Lada do kluka s vlasama barvy použité podestýlky. „No, řekni Charlie, Otava? Co?" Kluk utřel pivní pěnu z řídkého knírku pod nosem, obnažil mezi rty sbírku nezvykle řídkých zubů a skrz černé mezery mezi nimi zasyčel: „Otava? Yes!"

„Myslete si co chcete, ale já i v tom vzduchu tady, když takhle natáhnu," nasála Lada dým z cigaret stojící nad hospodským stolem do špičatého nosíku, „cejtím klidně čerstvě nakácený stromy z kantýřů sušický pily, nakyslý podpaždí uhoněný čepický hospodský nebo voňavý pramínky kouře, co nasává v létě řeka z chalupářských ohníčků. Asi pitomost, co? Ale jsou to asi právě ty obyčejný věci, co zalezou člověku nevědomky hluboko pod kůži. No nic," vrátila Lada ústy kouř zpátky nad stůl. „Ten den vidím, jako by to bylo dneska. Seděla jsem na chalupě, četla tu nejnovější hrůzu od Thomase Harrise a pro zklidnění občas jukala na řeku. Maník, co přijel odshora od Čeňkárny, to na lodi na první pohled moc neuměl. Já vůbec obdivuju tyhlety pitomce, sorry," naklonila se k blonďákovi a pohladila ho po tváři, „co si v půjčovně vezmou kéňu a posadí ji rovnou na WW III–IV. Navíc celý týden lilo a v Sušici mohlo chybět tak dvacet centimetrů do okamžiku, kdy si můžete zajet s lodí z nábřeží k Fialkům pro žloutkový řezy. Chvilku jsem ho sledovala z okna a když jsem z jeho stylu pochopila, že se neseznámil ani s teoretickou stránkou jízdy na lodi, polilo mě horko. Nechala jsem Hannibala prasatům, sedla na kolo a začala ho při řece stíhat. Pilíř rejštejnského mostu minul maník evidentně omylem, u skály to ustál taky jenom zázrakem, ale to nejhorší bylo o půl kilometru níž. Radešovský jez. Při normální vodě schůdek. Skočit, šplouchnout, zchladit rozpálený tělo načeřeným vracáčkem a hned to píchnout doprava do bufetu pro pivo. Při takovýhle vodě - polykač nákladáků. Objedu to po silnici a dám mu echo, napadla mě. A jak sjíždím k jezu ze silnice, je to slyšet. Syčení, jak brousí voda záda larsenů, hluboké dunění z vývařiště a někde hluboko pod tím vším křaplavé nárazy přehazovaných balvanů. Nemusela jsem u jezu ani zastavovat, protože pro otevřenou loď to byly vždycky jenom lopatky. Maník právě vyjel ze zatáčky, štítek čepice hluboko do očí, pádlo přes borty, hubu sešpulenou do ruličky a úplně v klídku si do toho hučení před sebou něco pískal. Jez! Zařvala jsem na něj ze břehu a ukázala rukou do míst, kde kdyby čuměl, viděl už napěněné kohouty vracáku. Ani nevíte jak se mi ulevilo, když přestal pískat a zanořil pádlo do vody. Jenže místo aby to píchnul ke břehu, zaklekl pěkně pod sedačku, otočil čepici štítkem do týla a zběsilým pádlováním zamířil k vražedný proudnici. Snad ještě pětkrát jsem zařvala: „Jez!" Měli jste ho vidět, když vyjel na hranu. Ty vypoulený nechápavý oči. No co jsem měla dělat, tak jsem tam pro něj skočila.

Teď už je to lepší. Charlie už umí pádlovat a trochu česky. Kdyby to ještě šlo, tak už si s ním troufnu i na Salzu. Viď, Charlie?" položila mu Lada ruku do slámové kštice a políbila ho na tvář. „Yes," zachrochtal slastně Charlie a nasál z dalšího piva.

Tma vešla do ulice Na Hrázi tichounce a nenápadně. Když dosedla na rozpálenou dlažbu, unaveně si oddechla a rozvlnila záclony v otevřených oknech. Ten sotva znatelný vánek vnikl i do hospody U Zlomenýho ráhna a rozředil oblaka dýmu z cigaret, zavěšená pod stropem. Hlasatelka skrčená v televizi nad pípou slíbila tolik očekávaný déšť zase až za týden. Dveře salónku se na okamžik otevřely a vpustily do výčepu směsku přiopilých hlasů v nějaké neznámé a falešné melodii. Plešatý mužík už jen v hluboce rozepnuté košili zaplandal v rámu dveří a šišlavě objednal dalších čtyřicet Danielsů.

„Ale poslední," vstal Petr unaveně od stolu vodáků a jen pomalými krůčky rozvlnil lem dlouhé řízy. „A vám taky poslední," zabručel i ke stolu, když se ocitl v bezpečí za palisádou pípy.

„Petře? Dvě?" zaškemral Radim.

„Jedno, a dál už ani kapku. Zejtra vás tu mám znova," dotočil Petr půllitry po rysku a dozdobil čepicí pěny.

„A navíc je na zejtra předhlášená velká skupina," nasázel před ně piva a udělal tužkou čárky na hrany keramických tácků.

„Vodáci?" upřeli na něj zvědavě oči.

„Ale ne," sáhl si Petr nad hlavu, uchopil volně plovoucí zlatý kruh a začal ho leštit utěrkou. „Víc jak sto ruských námořníků. Odněkud z Kurska."

„Kterej vandal," svítil kuželem baterky okřídlený policista na dopravní značku D38a - začátek obce.

„Určitě ti z kempu. Řeka má podstav a tak se nuděj," nanášel jeho kolega na značku jemný hliníkový prášek a čekal, zda se ukážou otisky.

„Ale, znáš starýho. Jenom prokazatelný důkazy."

„Já bejt na jeho místě, já bych se s nima tolik nepáral,"

„Nic?"

„Nic."

„Škoda. Tak letíme," sklouzla baterka ze sprejem opraveného nápisu

VODÁCKÝ RÁJ

na

VODÁCKÝ PEKLO

Jan Valeš – Jeňýk

Ještě jedno přání, krucinál...

„Strom!" křikli na nás z lodi před námi a vzápětí zmizeli za ohybem řeky.

„Honzo! Strom," zopakovala Katka a ohlédla se po mně.

„Jo," kývl jsem.

Už jsem toho začínal mít pomalu dost. Po povodni před čtrnácti dny to byl sice prima adrenalinový zážitek, ale už ne pro někoho, kdo jel vodu naposled před dvanácti lety. A teď ještě strom. Úplně stačil ten bagr uprostřed říčního koryta deset kilometrů proti proudu. Jak v pátek padla, bagrista vytáhl klíčky, šel domů a já to málem napálil do lžíce.

Řeka uhýbala ostře doprava a my ještě neviděli, co nás za zátočinou čeká. Navedl jsem loď blíž k levému břehu, abych mohl nakouknout dál, ale viděl jsem leda tak houby. Zahlédl jsem nějaké kluky, jak vytahují na břeh svoje lodě.

Pár vteřin nato už bylo pozdě. Řeka tu nebyla široká a vyvrácený strom sahal korunou skoro až na druhý břeh. Byla tam jen malá, tak metrová mezera, kudy by se snad dalo projet. Daleko rozumnější by bylo, kdybych přirazil ke břehu ještě před ohybem řeky...

„Sakra!"

Proud si nás stáhl jak třísku...

Už jsem asi starej. Prostě jsem nedokázal zareagovat. Možná ani tu sílu už nemám, kruci. Dřív, před dvanácti lety, bych to přitáhl a dostal svoje Apollo 13 ze šlamastyky prostě tím, že bych ho nadvakrát, třikrát dostal k vnitřnímu břehu a protáhl bych ho kolem stromu dál.

Zkusil jsem to, ale prostě jsem na to neměl. Proud byl silnější...

„Honzo!" vyjekla Katka, když poznala, že to není dobrý.

„Tak zaber, sakra, zaber!" Víc jsem zakřičet nestačil. Katka zavadila listem pádla o nějakou větev pod hladinou. Pokusila se od ní odstrčit, ale pádlo sklouzlo po ohlazeném dřevě a zajelo do změti větví a naplavenin. Chtěla ho hned vytáhnout, ale někde se tam zachytilo... To už jsem viděl, že je zle. Jak začal zadek kanoe stahovat proud uprostřed řeky, vytrhlo jí to pádlo z ruky. Zapadlo kamsi do větví a neozvalo se ani cáknutí.

V tom okamžiku se už nedalo nic dělat.

Koruna vyvrácené olše se proti nám zvedla jak hráz. Hodně děravá hráz, ale o to neprostupnější. O dvě vteřiny později nás proud natlačil do větví. Kanoe se naklonila na bok a přes okraj loďky se začala dovnitř valit voda.

„Honzo!" vyjekla Katka vystrašeně.

„Chytni se větví!" křikl jsem na ni. „Vylez na ten strom!" Ani jsem si nestačil všimnout, jestli se jí to povedlo. Voda se nahrnula dovnitř a převrátila loď vzhůru nohama. Dostal jsem se pod ni. Naštěstí ještě pro tu chvíli zůstala pod lodí vzduchová kapsa. Řeka mne nechala nadechnout, ale jenom jednou. Proud tlačil kanoi pořád víc a víc do větví a doslova ji tam roloval. Musel jsem vtáhnout nohy i tělo do lodi, aby se mi nedostaly mezi dno a loď. Nebylo tu moc hluboko, abych mohl z toho mlýnku na maso uniknout po dně, vynořit se vedle a pořádně si zanadávat. Ještě pořád jsem v ruce svíral pádlo, ani jsem nevěděl proč. Pustil jsem ho. Blesklo mi hlavou, že teď už Katka bude vodu nenávidět tuplem.

Pod rukama jsem ucítil dno. Pokusil jsem se zachytit. Koryto bylo plné zabahněného kamení, a klouzalo to v rukách...

Bokem jsem narazil na pahýl nějaké větve a hned nato jsem ucítil, jak se o dno dřu už i koleny…

Vzepřel jsem se proti proudu. Šermoval jsem rukama kolem sebe, když jsem najednou zavadil o větev. Dost silnou, aby mne udržela. Objal jsem ji oběma rukama a pokusil jsem se zvednout. Proud mne strhával. Už se mi nedostávalo dechu… Konečně jsem ucítil pod nohama dno a pokusil jsem se postavit. Moc rychle. Kmen stromu byl přímo nade mnou. V hlavě mi zajiskřilo, ale nepustil jsem se. Jen jsem stál, napůl omráčený, voda mi narážela do prsou a já cítil, jak mi po skráni stéká pramínek krve.

„Honzíku!" uslyšel jsem odkudsi z dálky Katku. „Honzo!"

Ti cizí kluci byli fajn. Sice mi automaticky začali říkat Dědku, ale v té chvíli mi to bylo fakt jedno. Seděl jsem na trávě nad řekou a pomalu jsem přicházel k sobě. Katka dřepěla vedle mne, otírala mi krev z čela a mlčela. Vždycky takhle mlčí, když se něco stane. Tenkrát mlčela skoro dva roky…

„Jo, jasný," hulákal mi za zády někdo do telefonu. „Málem se tu jeden utopil. Je to hned za ohybem řeky a do poslední chvíle to není vidět. Co vám to udělá, pánové? Jenom přijeďte s tou motorovkou. Je tady jeden, co na to má papíry, vůbec se nemusíte zmáčet."

Vedle Katky si přidřepla rusovláska jak z pohádky o rusalkách a opatrně jí položila ruku na rameno: „Geryk chytil konev s vašima věcma a kluci vytáhli i loď. Nic s ní není."

„Děkuju," špitla Katka.

„Já taky," zkusil jsem pokývnout, ale v hlavě mi při tom jediném pohybu vybuchla nálož s hodně velkou účinností. Překulil jsem se na bok a začal zvracet.

„Otřes mozku," ještě jsem zaslechl.

Moc si nevzpomínám. Ležel jsem na dně Apolla 13, a občas, když se mi podařilo otevřít oči, jsem uviděl Katčina záda.

Někdo cizí dělal zadáka a sjížděl s Apollem poslední čtyři kilometry do kempu. Pak si už pamatuji jen Katku, jak staví stan a jak do něj po čtyřech lezu...

A pak až ráno. Slunce pálilo přes stanové plátno a mně bylo fajn. Dokonce tak, že jsem dostal hlad.

„Kačenko?" Neozvala se.

Ležel jsem na zádech a poslouchal, co se děje venku. Z vedlejšího stanu bylo slyšet, jak se nějaká holka snaží hrát na kytaru. Zpívala Lajku a jazyk se jí pletl. Určitě z nevyspanosti. Nakonec to nejspíš uznala i ona. Rozlehlo se čísi svolávání k snídani a odkudsi z větší dálky bylo slyšet i nějakou partu, co na ty kytary vážně uměla...

Žaludek se zase ozval. Zvedl jsem se na kolena, rozepnul zip stanu a vykoukl ven. V pravý čas. Mezi stany se objevila Katčina střapatá hlava a taky ty její oči. Krásný a smutný. Už dvanáct let.

Překračovala stanové šňůry a zpívala si. To bylo dobré znamení. Až nakonec jsem si všiml, že taky nese láhev mléka a loupáčky. Vylezl jsem a zůstal sedět před stanem.

Zachytila můj pohled a vrátila mi úsměv. „Jak ti je? Můžeš jíst?"

„Je mi fajn," pokývl jsem. Už si toho taky všimla, a pustila mi sáček s loupáčky do klína. „Můžeme klidně hned jet dál."

Zrudla rozčilením. „Jsi pitomec? Tady je konečná, Honzo! Dneska zůstaneme tady, jestli ti bude odpoledne fajn, tak se půjdeme podívat na hrad, a zítra jedem domů."

„Kačenko..."

Nenechala mne domluvit: „Jedem domů!" Postavila přede mne mléko. „Můžeš ty loupáky sníst všechny. Já si dala u stánku párky."

„Katuško..."

„To se přece, sakra, může stát!" zavrčel jsem s plnou pusou.

Otočila se na patě a namířila si to pryč. Zvedl jsem se. Čekal jsem, že se mi bude motat hlava, ale vážně mi bylo dobře.

Díval jsem se za ní. Vracela se ke stánku. Hned vedle něj stály dřevěné lavice a u stolů se usídlila parta, co tam byla už nejspíš od večera. Před každým poslední pivo, už dvě hodiny nedopité, a umaštěný tácek od klobásy.

„Vzteká se?" ozvalo se za mnou. Kluk, který tam stál, mi nebyl ani trošku povědomý.

Přejel jsem po něm pohledem a otočil se zpátky.

„Já jsem Vojta. Sjel jsem ti včera s lodí do kempu."

Ohlédl jsem se po něm znovu a všiml si jeho ruky. „Jo, dík," pokývl jsem a stiskl ji. Byl tak o patnáct let mladší než já.

„Každej se přece někdy vyklopí," pokračoval.

Pokrčil jsem rameny. „Špatná zkušenost. Musel jsem jí slíbit, že tentokrát se nic nestane, jinak by nejela."

Najednou nevěděl, o čem mluvit. „Taky jsem kdysi…" odkašlal si. „Taky jsem kdysi takhle o někoho přišel."

„Tohle je něco jinýho…" Viděl jsem, jak si Katka kupuje cosi ve stánku, a pak si sedá ke kytaristům u stolů. „Nezlob se, nemůžu si teď povídat… Takže ještě jednou díky, Vojto." Hmátl jsem po sklenici mléka, otevřel ji a nadvakrát ji celou vypil. Pak jsem se pomalu vydal za ní. Nechtělo se mi jet domů. Teď, když se mi ji po tak dlouhé době konečně podařilo dostat na vodu. Teď, když…

Uviděla mne přicházet a smířlivě se usmála. Aspoň jsem si to myslel. Přisedl jsem vedle ní a poslouchal, jak kluci hrají. Už dlouho jsem to neslyšel, když nepočítám cédéčka a pár starých desek.

„Ještě jedno kafe bych si dal,
Ještě jedno kafe, krucinál…"

Jako od Druhé trávy to tedy nebylo. Na konci měl být docela jiný akord, než hráli, ale takové věci mne už dávno přestaly rozčilovat. Seděl jsem a hleděl na dřevěnou desku stolu, tisíckrát politou pivem, promaštěnou a zamazanou od hořčice. Nevěděl jsem, jak začít…

„Katuško…?"

„Ještě jedno kafe bych si dal…"

„Chceš přinést kávu?" zkusil jsem to.

„Zítra jedem domů, Honzo," opakovala a ani se na mne nepodívala.

„Donesu ti nanukáč!" začal jsem. Na bláznoviny slyšela. Hlavně dřív. „Nebo… Co bys chtěla?" Zarazil jsem se. To byla hloupost, takhle mluvit. Věděl jsem, co by chtěla. Ani jsem se dál už neptal. Stejně mi odpověděla. „Vrátit čas," špitla. V očích se jí zalesklo. Už pět let ne. Aspoň jsem o tom nevěděl. Ale teď ano… Seděla, po tvářích se jí koulely slzy jak hrachy a kytaristi kolem stolu s očima olepenýma ospalky nic neviděli a hráli dál.

„…ještě jedno kafe, krucinál…"

V noci zurčí voda úplně jinak než ve dne.

Seděl jsem na můstku a poslouchal jsem řeku. Myslel jsem, že Katka je ještě pořád u kytar. Proseděla tam celý den. Kytaristi se střídali, i lidi, co se tam zastavili na pár písniček nebo na půl dne, ale Katka tam vydržela celou dobu.

„Jsem sobecká, viď?" špitla za mnou, když už jsem se chystal zvednout a jít za ní.

„Ne, to já," zavrtěl jsem hlavou. „Přece bych mohl jet na vodu bez tebe. Jenomže mne to bez tebe nebaví, víš?" Poposedl jsem, abych jí udělal místo.

„Zase kecáš," zabručela. V té chvíli jsem poznal, že u těch kytar jen tak nasucho neseděla. Už dlouho nepila. Předtím nikdy, a potom pořád. Teď už tak pět let ne, až dnes.

Mlčeli jsme. Taky poslouchala vodu. Tenkrát jsme tak sedávali často, než se to stalo…

Najednou popotáhla. „Myslela jsem, že už je to pryč, Honzo. Víš," naklonila se ke mně a dala mi pusu na tvář, „myslela jsem, že už se mi to zase bude líbit."

„A ne?" zeptal jsem se zbytečně.

Divoce zavrtěla hlavou: „Nenávidím to. Až k tomu stromu

jsem se udržela a usmívala se. Abys měl radost... Ale pak už ne. Když si představím, že jsem mohla přijít ještě o tebe... Nenávidím to. Vodu, lodě, to věčný, ahoj, ahoj do zblbnutí."

Neodpovídal jsem. Tohle jsme probrali už tisíckrát.

„Kdybych trvala na tom, že zítra pojedeme domů, tak bys tu třeba zůstal a nakonec tu i našel nějakou, co by na vodu jezdila ráda. A co by třeba jednou..."

„To je nesmysl. Stalo se to, dobře. Ale nic se měnit nebude, jasný? Nikdy." Vzal jsem ji kolem ramen. „Jasný, Kačino?" řekl jsem jí její dávnou přezdívkou.

Posmrkla: „Tak to splujeme, jo?" špitla. „Jsou to ještě čtyři dny. A pak už nikdy. Jo?"

Žaludek se mi sevřel, i když to dopadlo líp, než jsem ještě před hodinou čekal. Doufal jsem, že tenhle týden ji zase strhne a vzpomene si, jaký to bylo... Předtím.

Ráno lilo jako z konve a nemělo smysl ani vstávat. Po nedávné povodni byla půda nasáklá a řeka rychle vystoupila z koryta a rozlévala se po loukách. Ti, co si postavili stan moc blízko vody, se rychle stěhovali výš.

Leželi jsme vedle sebe na zádech a drželi se za ruce. Zpívali jsme si. Jednu písničku začala ona a druhou já. Ve vedlejších stanech si možná ťukali na čelo, pokud nás v tom šumu deště vůbec slyšeli. Nebo jestli nebyli rozlezlí po hospodách v okolí.

„Dědku," ozvalo se před večerem zvenčí. „Nechcete k nám na mejdan?"

„To je Vojta," špitla Katka. „Ten, co sjel s Apollem sem do kempu."

„Už ho znám," odpověděl jsem.

„Katko, Dědku, jste uvnitř?"

„Jo," houkl jsem zpátky. „Kam na mejdan?"

„K nám do stanu. Máme ten velkej Coleman kousek od vás. Už je nás tam šest a vy dva se tam v pohodě vlezete taky."

Koukli jsme se po sobě.

„Mám vzít ferneta nebo rum?" zeptal jsem se ještě.

„Když, tak rum. Chtěli jsme dělat medvědí mlíko, ale rumu jsme měli už málo a ze slivovice je to hnusný!"

S tím se dalo jenom souhlasit.

V předsíňce velkého Colemanu se krčil liháček a plamínek olizoval kostku suchého lihu jen s největším vypětím.

„Každou chvíli to zhasne," zabručel jeden z těch kluků. Jméno jsem si nepamatoval. Měl na sobě maskáč švýcarské armády, takový ten s červenými šmouhami a těžký jak hrom.

„To je buřt, stejně to už bude ohřátý," pokrčila rameny rusovláska, kterou jsem si pamatoval ze včerejška. Říkali jí Rusalka, to se nedalo zapomenout. Stáhla ešus s medvědím mlíkem z ohýnku a liháček vykopla ven na déšť. Taky způsob…

„Přidala bych trochu rumu," řekla, když si jako první usrkla.

„Hele, ještě nemáš osmnáct. Buď ráda, že tě necháme napít," odpověděla jí černovláska v námořnickém tričku, co seděla vedle ní. Dostala ešus, ale nenapila se a poslala ho dál.

„Myslel jsem, že tu bude někdo s kytarou," opatrně jsem nadhodil. Jenom sedět a posílat si dokola ešus s dryákem z kondenzovaného mléka a rumu se mi nechtělo. Nejraději bych popadl Katku za ruku a vrátil se zpátky do našeho stanu.

„Tady nikdo hrát neumí," odpověděl mi Vojta. „Vyprávíme si horory." Převzal od černovlásky ešus a pořádně se napil. „Můžete začít vy dva," obrátil se na nás. „Jste tady nováčci, máte přednost."

Vojta viděl, že se nám do toho nechce. Zvedl ruku. „Začnu já. Bude to o…"

„Néé!" vypískla černovláska. „Ty když vykládáš horory, tak se pak bojím jít na záchod. Ty dneska vyprávět nebudeš vůbec."

Medvědí mlíko dvakrát obešlo stan kolem dokola a ešus byl prázdný.

„Ještě tu zbylo třičtvrtě flašky toho rumu," upozornil jsem a podal ho do oběhu.

„Tak ať už zítra neprší!" Vojta pozvedl láhev vzhůru a napil se. Pak ji podal dalšímu. A ten dalšímu…

„Hernajs, mně to vůbec nepodávejte!" rozkřikla se najednou černovláska. „Jenom to cítím, tak je mi špatně! Už jsem vám to říkala!"

„Mám radši skočit pro ferneta?" nabídl jsem se.

„Ona nemůže pít," mávl Vojta rukou. Ani mi nedošlo, co vlastně řekl.

„Ty jsi těhotná?" vydechla Katka. Až do nynějška mlčela a snažila se nekazit zábavu, ale teď… Vyskočila ze sedu do kleku a popolezla po kolenou k té holce. „Ty jsi těhotná? Jsi?"

Špatně jsem viděl, ve stanu už bylo docela šero, ale to děvče nejspíš přikývlo.

„A to jedeš na vodu? Ty krávo pitomá!" slyšel jsem Katku a už jsem ji chytal za ruku, abych ji odvedl ven. „Ty krávo blbá! Pitomá!" Najednou ječela jako smyslů zbavená. „Chceš ho zabít? Chceš…"

Konečně jsem v té tmě nahmatal její ruku a doslova ji vyvlekl ven.

Plakala. Všechno se to vrátilo.

„Spí?" zeptal se ze tmy Vojta.

„Jo," přitakal jsem. Čekal jsem u Katky, dokud neusnula, ale pak jsem musel na vzduch.

„Je mi líto, že to tak dopadlo," řekl. „Ale snad to zase nakopne Janu. Pořád jsme jí to rozmlouvali a posílala nás do háje. Teď se ale třeba rozhodne, že zítra jede domů." Hlasitě vydechl. „No a já pak budu muset taky."

„To ty jsi ten táta?" dovtípil jsem se, i když mne to vlastně vůbec nezajímalo. Pořád jsem tajil dech a poslouchal přes stanové plátno, jestli Katka spí.

Potřásl hlavou. „A docela mne to s… Však víš co."

„To tedy fakt nevím. Mně zase sere, že nejsem," opáčil jsem docela vztekle.

Vykulil oči. „Vůbec?"

„Přece jste mohli potom, později…," zničehonic promluvila ze tmy černovláska. Celou dobu nás poslouchala a vůbec jí nevadilo, co to vlastně Vojta říkal.

Nenechal jsem jí to dořict. „Nemohli. Už nikdy, víš? Komplikace jsou svinstvo. Zvlášť v takovým případě." Obrátil jsem se k ní. „Vykašli se na to a jeď domů, holka. Nestojí to za to."

Trhla rameny. „Každej to vidí jinak."

Loupl jsem očima po Vojtovi, ale jenom tam tak stál, a pak neslyšně zašeptal: „Ahoj" a ztratil se ve tmě.

Sedl jsem si na konev a podíval se na nebe. Už hodinu nepršelo a teď už dokonce noční vítr rozfoukal i mraky.

Zalezl jsem do stanu za Katkou a v ten okamžik usnul.

Ráno jsem se vypotácel ze stanu a našel jsem ji, jak maže chleby.

„Dělej," houkla na mne a ukázala na zválené místo, kde ještě v noci stál velkej Coleman.

„Odjeli?" zeptal jsem se.

„Říkám dělej!"

Vzal jsem si ručník a chystal se jít ke sprchám. „Plujeme?" ještě jsem se zeptal.

„Jo. Naposledy."

„A nechceš radši…?"

Hned věděla, co chci říct. „Ne. Teď nechci. Ta malá husa neodjela domů. Honila je, aby odpluli co nejdřív a nemusela se na mne dívat."

„To je blbost…"

„Řekla mi to," uťala moje slova. „Přímo do očí!"

„Něco jsi jí řekla taky a ještě předtím, že jo?" zavrčel jsem.

„Jenom to, co musela slyšet. Jsou pryč. Ale my je dohoníme, Honzo! A já ji budu hlídat. Až do toho posledního kempu."

Věděl jsem, že to nemá cenu jí to vymlouvat.

Bylo krásně, jak to má na vodě být. Užíval jsem si to jak za starých časů. Konečně, možná to bylo naposledy. Mával jsem na holky na mostech, hulákal jsem na Katku, ať se skloní, že nevidím, kudy jet, a nechával jsem komáry, ať si klidně koušou.

„Hele, koukej!" najednou vykřikla Katka a ukázala na břeh. Řeka tu velkým obloukem míjela louku, poházenou kupkami mokrého sena. V noci, když se voda zvedala, to tu muselo být celé pod vodou. Za křovím kousek od vody se schovával malý kluk, a určitě neměl ještě ani pět let.

„Ahoj!" zavolal jsem na něj.

Nedbale mávl, ale ani pořádně nezvedl hlavu. Cosi hledal v tom křoví a čvachtalo mu to, že jsme to slyšeli i my. Slunce ještě vodu z louky nevysálo a celá byla jak nasáklý molitan.

„On je tu sám?" křikla Katka.

„To určitě ne," zavrtěl jsem hlavou. Za křovím se vynořila ještě žena v květovaných šatech. Znenadání se ten kluk rozběhl přes mokrou, zabahněnou trávu k vodě a mával na nás jak trosečník po čtrnácti letech na ostrově.

„Asi stopuje," zasmál jsem se a zamával mu taky.

Katka se po mně ohlédla: „Svezeme ho!"

„A kam asi tak?"

„Jenom tady ten kousek! Na konec tý louky!"

Už to tady zase bylo. Porcelánka do lodi. Když řeknu ne, tak s ní zase nebude k vydržení…

Capart stál docela na okraji a navíc ještě cosi volal. Nebylo mu rozumět, až to poslední slovo, když už jsme se dost přiblížili…

„Stůj!" Mával na nás, ale asi moc nevěřil, že doopravdy zastavíme.

„Ale žádnej únos," zavrčel jsem na Katku. „Zeptáš se tý jeho mámy, jestli s tím souhlasí!" Zabral jsem pádlem, Apollo 13 změnilo směr a obloučkem jsme se dostali do protisměru.

„Je pryč, Lukášku," slyšeli jsme jeho mámu, jak mu domlouvá. Pomalu přicházela za ním. „Vzala ho voda."

Natahoval moldánky, ale ještě se držel. „Nemůže být plyč!"

„Já ti koupím jinýho, Lukášku."

„Já nechci jinýho!"

Katka vylezla z kanoe. „Pročpak na nás mááš? Chceš se kousek svézt?" zeptala se prcka.

„Cože?" ozvala se jeho paní v květovaných šatech.

„Ne, já…" zavrtěl hlavou. „Já chci…"

„Kam ho chcete vzít?" Ptala se paní.

„Jenom tamhle na konec louky."

Vypadalo to tak divně, že i já bych na Katku v tu chvíli zavolal policajty.

„No vždyť na nás mával a volal stůj," zamračila se Katka.

„Však si nasedněte taky, paní," pokusil jsem zmírnit její podezřívavost. „Pro děti to je prima zážitek."

Zaváhala. „Chceš, Lukášku?" zeptala se malého. Jen zavrtěl hlavou. „Já chci…" Vzlykl a začal plakat. Tiše, ale o to smutněji.

„No, co se dá dělat," pokrčil jsem rameny. „Mysleli jsme to dobře."

Katka se ještě otočila, zamávala mu a lezla zpátky do lodi.

„Teto, počkej," zavolal na Katku, ale svézt nechtěl. Natáhl se na špičky a něco šeptal své mámě. Ta ho teď držela za obě ruce, jako by se bála, že ho chceme ukradnout.

Katka dosedla na sedačku a čekala.

„My jsme ubytovaní tamhle v tom penzionu," řekla prckova máma. „Včera jsme tu byli všichni na louce a on si tady zapomněl plyšáka. Medvěda, vypadá jako panda. Černobílý… V noci pršelo a zvedla se voda a plyšák někam uplaval. Kdybyste…"

„Plosím, najděte mi ho," zašeptal chlapeček mezi vzlyky. „Jmenuje se Luky jako já. A je mu po mně smutno." Zvedl oči k mámě. „Najdou ho, že jo?"

„Proto jsi nás volal?" usmála se Katka.

„Jo. Ploto."

Jeho máma se pokusila o úsměv. „A když se jim to nepovede, tak ti koupím novýho. To platí, Lukášku!"

„Nechci jinýho," vykroutil se jí. „Lukyho mi dala maminka!"

„Jedem," zavrčel jsem. Příď se odklonila od břehu, nechal jsem ji pomalu se otočit přídí s proudem, a vypluli jsme.

„To nebyla jeho máma?" zeptal jsem se, jako by to Katka mohla vědět.

„Asi ne," odpověděla a najednou vyskočila a ukázala před sebe: „Tam! Vidíš to? Tam to musíme prohledat!" Mezi kořeny vrbin tu byla obrovská hromada naplavených petlahví, kusů polystyrenu a igelitových tašek.

Honila mne od břehu ke břehu. Všechny nakupeniny nepořádku, který řeka při posledním dešti spláchla s sebou, jsme museli prohlížet.

„Zbláznila ses," vzbouřil jsem se po dvou hodinách. „Klidně může být padesát kiláků odtud!"

Neodpověděla mi. Mlčela a zarputile vyhlížela každou zátočinu, kde by mohl panďák Luky být.

Nenašli jsme nic, samosebou. Zastavili jsme u kempu Na myslivně, kde jsme ale nechtěli zůstat přes noc, jen jsme si koupili guláš s chlebem a posadili jsme se na sluníčko.

Bylo krásně, slunce hřálo a ten guláš vážně stál za to.

„Jak se ten penzion jmenoval?" zeptala se najednou Katka, když už dojedla a olizovala lžičku z obou stran. Znal jsem ji. Znamenalo to, že si dá ještě jednu porci.

„Jakej penzion?"

„No ten, jak tam bydlel ten Lukášek."

Pokrčil jsem rameny. „K čemu to chceš vědět?"

„Abych věděla, kam mu mám dovézt toho plyšáka."

„To budeme řešit, až ho najdeme."

„Nemusíme. Já už ho vidím," napodobila holčičku z reklamy na kofolu a ukázala prstem ke skupince stromů kousek od břehu, kde ležely kanoe jedna vedle druhé. U jedné z nich klečel Vojta a černovláska Jana a cosi kutili na přídi. Špatně jsem viděl. Na vodu jsem si nikdy brýle nebral.

„Co tam dělají?" zeptal jsem se.

„Přidělávají na příď nějakou pandu," ucedila.

„Plyšáka?"

Smetla mne pohledem. „No, živá asi nebude." Odložila čtyřikrát olízanou lžičku a vstala. „Jdeme."

„Chceš jim to vzít?" zeptal jsem se.

„No a? Není to jejich."

„Jsou na tebe naštvaní. Nedají ti to!"

Pokrčila rameny. „No tak se s nima nejdřív zase skamarádíme!" Už dlouho jsem ji neviděl takhle odhodlanou. Pomalu jsem dojedl a šoural se za ní.

„Přišla jsem se vám omluvit," slyšel jsem, jak začala, sotva se k nim přiblížila.

„Když o tom už nebudeš mluvit," odsekla černovláska Jana. Klečela u lodi a teď už jsem viděl, co dělají. Horkým koncem drátu propálili do laminátu dírky, a pak už šlo docela snadno plyšáka Lukyho přidrátovat k přídi.

„Viděli jsme malýho kluka, jak stál na břehu a brečel, že ztratil právě takovýho plyšáka," nadhodila Katka. „Řeknu vám, kde, ať mu ho můžete dát."

Jana se postavila. „Ne. Tohle je pandí holčička Maruška. Před chvílí jsme ji našli v řece, pokřtili ji a ode dneška s náma bude vždycky na každé vodě."

„Ale ten chlapeček pláče. Tu pandu dostal od mámy a…"

„Tak ať si koupí novou hračku," zavrčela Jana. Od včerejška Katku nemusela, to by poznal slepý a hluchý.

Pomalu jsem k nim došel, kývnutím hlavy pozdravil Vojtu, popadl Katku za ruku a odtáhl ji pryč. „Jsi geniální taktik," zasykl jsem na ni. „Plujeme dál!"

Pokorně sklopila hlavu. „Jak daleko je příští kemp?"

„Sedm kiláků."

Nechala se odvést ke kanoi. Stáhli jsme ji na vodu a nasedli.

„Počkej," špitla ještě, když už jsem se chystal odrazit. „Zkus to ještě ty!"

„Co?"

„Přemluvit je."

Měl jsem šanci stonásobně větší než ona. Vylezl jsem z Apolla a zamířil tam, kde jsem viděl Vojtu a Janu naposledy. Nemělo to ale smysl. Už to bylo moc osobní. Pomalu jsem se vracel, aby to vypadalo, že je přemlouvám dost dlouho.

„Nic?" zeptala se a ani nečekala na odpověď.

Mlčky jsme vypluli.

„Sledují nás," zasykla po chvilce. „Viděla jsem je, jak běží po břehu. Víc jak kilák ale asi nepoběží, co myslíš?"

Ani mne nenapadlo, co chystá. Kilometr za kempem za jízdy vystoupila z lodi. Bylo tu vody sotva nad kolena.

„Co děláš?"

„Ty víš, co," odsekla. „Počkej na mne v tom kempu. Peníze na taxíka jsem si vzala, když jsi je byl přemlouvat." Přebrodila ke břehu a zmizela v kopřivách.

„Kačino! Musíš počkat, dokud se nesetmí," zavolal jsem ještě.

„Já vím," odsekla.

V kempu o sedm kilometrů dál jsem postavil náš stan, natáhl si karimatku ven pod hvězdy a díval se do nebe. Vracelo se to. Tolik věcí jsem už zapomněl a dnes se mi vylupovaly z paměti jako plátky pomeranče z kůry.

Před dvanácti lety… Byli jsme tehdy v Rakousku. Sjížděli jsme Steyr. Je to ledovcová řeka, a žádná sranda. Převrátili jsme se a Katku vzala voda. Našli jsme ji až o hodinu později totálně prochladlou. Stál jsem tehdy celou noc venku před nemocnicí a jak to neumím, tak jsem se modlil, aby přežila. Aby se mi splnilo to jedno jediný opravdový přání, co jsem kdy měl. Jen jsem tehdy nevěděl, že potřebuji ještě jedno splněné

přání, aby nebyla nadosmrti nešťastná. Že je něco, co mi chtě-
la říct, až se vrátíme domů…

Vstal jsem, zastrčil karimatku do stanu, zatáhl zip a protá-
hl se. Rozhlédl jsem se po lesích kolem. Taxíka nemělo cenu
volat, nejspíš by sem takhle pozdě ani nezajel. Vzal jsem si
jen baterku a indiánským během vyrazil zpátky do kempu
Na myslivně. Už byla tma, když jsem dorazil. Pod přístřeškem
u bufetu se hrály ty samý písně, co ve všech ostatních kem-
pech kolem řeky, a u menšího stolku na kraji pár lidí hrálo
karty.

Procházel jsem okolí a nevstupoval jsem do světla. Snažil
jsem se obejít celý kemp a přiblížit se k lodím z opačné strany,
od zázemí bufetu.

Podařilo se mi přiblížit se k lodím tak na třicet metrů, když
mi někdo poklepal na rameno.

Ohlédl jsem se.

„Jsi blbější než jsem si myslel, Dědku," zavrčel mi Vojta do
tváře. „A zloděj. Takovej starej chlap a krade po nocích plyšá-
ky!" ještě se tomu zasmál.

„Taky ti můžu jednu napálit," odsekl jsem.

„Jsme tu čtyři. A dvě holky. Ty dokážou spustit takovej po-
křik, že budeš lapat po dechu."

Byla to hodně blbá situace. K tomu, jak jsme se bavili, po-
pošli jsme ještě blíž a já teď viděl, že na přídi jejich lodi už ten
plyšák není.

Katce se to povedlo?

Ne, to by už dal znát. Musel přece taky vidět, že ta jejich
pandí Maruška zmizela.

„Vážně sis myslel, že to na té lodi necháme do rána?"

„Nebudeme se přece rvát o plyšáka…" Vytrhl jsem se mu
a uskočil do tmy.

„Zloděj!" rozkřičel se Vojta na celý kemp. Polovina lidí se
zvedla a rozhlížela se. Jen trouba by v té chvíli utíkal. Nedale-
ko se zvedla i Jana, a začala cosi vykřikovat.

Kytary u bufetu přestaly hrát.

Staří bardi odložili nástroje a pustili se do chytání zloděje. Aspoň jsem si to v první chvíli myslel. Sledoval jsem je, jak míří přes tábořiště přímo k lodím, kde ještě pokřikoval Vojta a ta jeho hysterická Janička.

„Další zlodějka!" vyjekla Jana a ukazovala směrem k přicházejícím muzikantům. Až teď jsem si mezi nimi všiml Katky.

„Hele, kluci," začal nejstarší a nejvousatější z nich a obrátil se na Vojtu. „Nelíbí se mi, co děláte. Vraťte toho plyšáka."

„Anebo?" zvedla Jana vzdorovitě hlavu.

Vystoupil jsem ze tmy a přiblížil se k nim.

„Žádný anebo není."

Pochopili. Vojta zamířil k tomu velkému Colemanovi, vlezl dovnitř a za chvíli vyhodil černobílého Lukyho ven.

Zase začínalo krápat.

Katka se protáhla mezi kytaristy dopředu a zvedla ho země. Pak se jen jakoby ohlédla po mně a usmála se, jak už dlouho ne. „Dík, ale bylo to zbytečný, Honzo. Měl jsi čekat v příštím kempu, ne?" Už odcházela, ale ještě se otočila. „Mám tu s jedním domluveno, že mne hodí do toho penzionu. Nechceš jet taky?"

Na listech stromů zabubnoval déšť. A sílil.

„Je mi líto, ale už tu nejsou," pokrčila paní v noční košili rameny. „Před hodinkou je odvezli."

„Odvezli?" zeptal jsem se.

„Evakuovali je. Už zase prší, nevšimli jste si?" zeptala se a bylo to od ní pěkně sprosté, protože jsme byli promočení skrz na skrz. „Předpověď varuje před další povodní. V noci se zvedla hladina a před čtrnácti dny to tu úplně řádilo."

„A máte jejich adresy?" zeptal jsem se.

„Jo," přikývla a asi se už konečně probudila. „Jsou z Pardubic…"

„Všichni?" zeptal jsem se nevěřícně.

„Jo, všichni, co tu byli. Mám vizitku, jestli chcete?"

„My potřebujeme jen adresu rodičů toho malýho kluka, paní. Toho Lukáška…"

„Ale ten chlapec žádný rodiče nemá. Na jaře se zabili v autě. Pořád mi to taky vykládal…" Hlas jí na okamžik selhal. „Adresu mají všichni stejnou," řekla a podala vizitku Katce. „Stačí?" zabouchla nám před nosem.

„Nebuď smutná," zašeptal jsem.

Obrátila se ke mně: „Já přece nejsem!" Ukázala mi ten kousek papíru. Bez brýlí jsem to nemohl přečíst. Uhodla to, a přečetla mi to sama. „Dětský domov, byli tu na pobytu v přírodě. Chápeš? Ta ženská byla vychovatelka! Proto říkal, že má toho plyšáka od maminky a nechce jinýho."

„Cože?" Obrátili jsme se od domu a dešťové kapky nám zase začaly chlístat do očí. „Co to znamená?"

Pohladila mne po tváři. „Že si ho vezmeme. Domů…" Popošla o několik kroků, a pak se otočila po mně. „Jasný?"

Zase nemělo smysl odporovat. Ani jsem nechtěl.

„Jasný, Kačino," pokývl jsem. „Vezmeme si ho domů."

Jaroslav Mostecký

Dinghy

Bylo to poprvé za celej večer, co Flintovi radostně zajiskřily oči. Až do tý doby byl zasmušilej. Popravdě, měl k tý zasmušilosti docela dobrej důvod a mohl si za to sám.

Jaro bylo nádherný, v kopcích tály poslední zbytky sněhu, po kterým tady dole už nebylo ani památky. Vytrvalej déšť předchozích dnů zvednul hladiny potoků a říček, mezi nima i Blakavy, na kterou jsme měli už dlouho dobu vodácky spadeno. Byla to tedy pro nás jasná výzva a při tomhle stavu i šance jet to už z vojenského pásma. Sice tam právě probíhalo nějaký cvičení s ostrejma střelbama helikoptér spojeneckých vojsk, ale jak vysvětlil Česnek, střelby probíhaly daleko od naší trasy a díky tomu se ostraha prostoru stáhne k hlídání dopadových cílových ploch a my budeme mít na říčce klid.

Na splutí přijel i Flint, kterej se nechal zlákat naším nadšením. Teď jsme všichni společně seděli v Děsicích v hospodě a těšili se na ráno, až přesuneme lodě na místo startu a konečně vyplujeme do divokýho proudu.

Flintova rozmrzelost pramenila z toho, že až tady si vzpomněl, že při poslední letní plavbě zapomněl svoji stařičkou Pálavu na slunci a díky přehřátí povolil šev mezi dvěma úzkýma válcema ve dně a ty se spojily. Vytvořily tak na jedný straně dna naducaný jelito, který způsobovalo, že loď vytrvale točila doleva, brzdila a nedala se skoro ovládat. Kromě toho loď ucházela a improvizovaná letní oprava lepicí páskou teď už vzala zasvé, takže by musel každých dvacet minut dofukovat. A to měl půl roku na to, aby ji nechal opravit, nebo tejden na to, aby si někde půjčil jinou. Jenže kdo zná Flinta, určitě ho fakt, že si na to vzpomněl až na místě, nepřekvapí.

Do toho si Flint uvědomil, že jede v singlu a nebude tedy nikdo, kdo by mu s tím nešťastným točením pomohl. Čekal ho zítra hodně pernej den.

U jednoho z vedlejších stolů se bavila skupina amíků, co tady byli lítat a střílet s Apachema, neboli bitevníma vrtulníkama AH-64 Apache. Hučeli u stolu do trojice místních krasavic, kterým pozornost pilotů velmi lichotila, zvlášť když všechno platili. Ani jsme nemuseli mít věštecký schopnosti, aby bylo jasný, k jakýmu cíli snaha letců směřuje.

Za nějakou chvíli se ale jeden z nich dostal do problémů. Finančních. Došly mu koruny a nabízený dolary na zdejší hostinskou žádnej pozitivní dojem neudělaly. Na tváři jeho vyvolený se objevil otrávenej výraz a jemu reálně hrozilo, že do jeho letovýho deníku tentokrát žádnej novej „sestřel" nepřibyde.

Právě tahle situace vyvolala úsměv na Flintově do tý doby zasmušilý tváři.

„Mám nápad, omluvte mě," zvedl se, když si nemajetnej amík odskočil.

Počkal si na něj, až se bude vracet, oslovil ho a my pak sledovali jejich konverzaci doprovázenou výmluvnou gestikulací. Amík se napřed tvářil odmítavě a nepřístupně, ale když mu Flint ukázal na jeho krásku, pokejval souhlasně hlavou a Flint mu šoupnul bankovku. Pak někam volal a Flint se spokojeně vrátil k našemu stolu. Ne že bysme chápali, oč běží.

„Dal jsem mu zálohu," vysvětlil Flint, když jeho obchodní partner u vedlejšího stolu udělal novou velkorysou objednávku.

„Zálohu na co?"

„Nechte se překvapit!"

Netrvalo dlouho, dveře do lokálu se otevřely a dovnitř vpochodoval nějakej americkej desátník, postavil se před amíkem do haptáku a předal mu podlouhlej khaki balík se žlutým pruhem. Pak zasalutoval a odporoučel se.

Flint se s amíkem setkal znovu u dveří záchodku. Balík se přesunul k Flintovi a z jeho peněženky se opačným směrem vydaly další bankovky.

Pokud jsme ale čekali, že teď se dozvíme, co za překvapení způsobilo zlepšení Flintovo nálady, spletli jsme se. Prej až ráno.

Amíkovi, říkejme mu třeba George, začínal den, kterej se měl vydařit. Finanční injekce od domorodce, kterou získal odprodejem víceméně nepotřebného vybavení jeho průzkumnýho vrtulníku OH 58 – KIOWA zajistila, že byl zase ve hře o srdce svý vyvolený. Šlo vlastně o úplně jiný části těla, ale takhle se to gentlemansky říká. Na dnešek s ní měl domluveno slavný finále.

Ale napřed povinnosti, reprezentovaný hned po ránu průzkumným letem, kdy se měl nepozorovaně přiblížit k cvičným cílům, označkovat je a stejně se nepozorovaně, pod úrovní dosahu radarů, se vrátit. Hračka. Zbytek dne měl volno, kdy bylo jasný, že ho nikdo postrádat nebude. Jeho ani vrtulník.

Rozhodl se spojit příjemný s užitečným a za svou přítulkyní doletět, protože ta bydlela hned na kraji prostoru a příhodně byla za jejím domem velká louka. Nahodil motor a odstartoval splnit jak bojovej úkol, tak svou mužnou povinnost.

Dofuněli jsme na místo startu, my s Česnekem se střídali o Princeznu, což je moje pálava, zabalenou v loďáku, Hastrman s Hárošem vlekli svůj nafukovací kajak. Flint si nesl přes rameno ten svůj podivnej khaki balík a tvářil se optimisticky.

Nemocnou pálavu nechal v našem trampským campu, kde jsme spali.

Brzo bylo jasný, co to včera koupil. Zatímco my jsme cvičili s pumpama, Flint odmotal žlutej popruh, zatáhnul za šňůrku pod ním a z khaki obalu se vylíhla žluťoučká dinghy a s hlasitým sykotem se sama nafoukla.

„Tak jedem," zahalekal Flint a hodil plavidlo na vodu.

Pak ze dvou skládacích pádel udělal jedno kajakový a vyplul. Rychle jsme ho následovali.

Byla to zase jednou skvělá jízda. Vody bylo tak akorát a koryto bylo prořezaný. Ten horní úsek byla vlastně jedna nádherná dlouhá peřej, jen s mírnýma zatáčkama. Flint si na dinghy vedl zdatně, v peřejích to bylo stabilní plavidlo, který díky malý dýlce dobře točilo, ale moc nechtělo držet směr. Flint ho zvládal svým oboustranným pádlem a v peřejích mu to nevadilo, naopak, snadno se prosmýkával mezi balvanama. Horší to bylo v meandrech, kde dinghy bez kýlu nechtěla řezat vodu a proud ji vynášel až na hranu oblouku a brousil o břehy. Flintovi se většinou dařilo plavidlo zkrotit odrážením se a zuřivým pádlováním napříč zatáčkou.

Jak jsme sjížděli po řece níž, ubývalo peřejí a bylo víc meandrů. Viděli jsme, že to Flinta už docela vyčerpává.

Řídící letovýho provozu americkejch bitevních vrtulníků si hověl v křesle a sledoval, jak se jeho svěřenci vydávají na splnění úkolu, mizí v radarovým stínu, útočí a zase se vrací. Přijímal jejich hlášení, povoloval vzlety a přistání, prostě normální pohodička. Z tý ho vytrhlo zaječení poplašnýho signálu z terminálu. Několik rychlých pohybů na klávesnici a obrazovka mu prozradila, že nouzový volání pochází z průzkumný Kiowy. Okamžitě zavolal jejího pilota, ale odpovědi se nedočkal. Bodejť by jo. Ten právě usilovně komunikoval v seníku nedaleko přistání se svou kráskou a blížil se předání kompletního souboru genetických informací. To, že se v helikoptéře ozývá hlas řídícího, neregistroval a asi by mu to v tý chvíli bylo úplně ukradený.

Bleskurychle kontaktoval základnu, kde mu potvrdili, že se průzkumnej vrtulník nevrátil, potom zavolal návodčí, rozmístěný kolem dopadový plochy, od nichž se dozvěděl, že Kiowa v pořádku přiletěla, splnila úkol a zase zmizela.

Nedalo se nic dělat, aktivoval nouzovou sekvenci, spouštějící pátrací akci. Na základně se v několika minutách roztočily rotory dvou záchranných helikoptér, který startovaly, aby lokalizovaly nouzovej signál a našli místo předpokládaný havárie.

Naše plavba dospěla do půli cesty, kterou představovalo jezero, necelej kilák dlouhý. To se muselo přepádlovat a po hrázi stáhnout lodě dolů, odkud už měla plavba pokračovat ve svižný vodě až na jez v Děsicích.

Na jezeře bylo Flintovi ouvej. Nejenom, že dinghy vůbec nejela a Flint se nadřel jako otrok, ale k dovršení jeho smůly foukal mírnej protivítr. Houkli jsme na něj, že počkáme u hráze a hleděli mít ten nechutnej volej co nejrychleji za sebou. Makali jsme, co to šlo. Během přejezdu jezera nám několikrát nad hlavama přeletěly vojenský helikoptéry, až mě napadlo, jestli jsou Česnekovo informace o střelbách správný a jestli náhodou nechtějí nacvičovat útoky na námořní cíle.

Od záchranných strojů začaly přicházet první informace. Po Kiowě není podél trasy letu ani památky. Signál byl lokalizován, pohybuje se a byly zjištěny jeho souřadnice. Řídící je promítl do mapy a odpovědí mu byl červenej puntík na modrý ploše. Kiowa spadla do jezera! Piloti záchranných vrtulníků dostali nový rozkazy.

Když jsme dorazili k hrázi, byl nebohej Flint právě v půlce jezera. Zase se blížily vrtulníky, jenže tentokrát se nespokojily s přeletem, ale zavěsily se přímo nad dinghy. S nebohým člunem poryvy vzduchu od rotorů házely ze strany na stranu a Flint v něm lítal jak nudle v mixeru a měl co dělat, aby nevypadl ven. Z trupu vypadly lana a po nich se spustily postavy v černým. Během několika vteřin doplavaly k dinghy a my pak už jen s úžasem sledovali, jak se k nebi vznáší nejprve Flintova postavička, po ní jeho žlutej člun a nakonec i ti černí žabáci. Vrtulníky přidaly plyn a zmizely za lesem.

Řídící letovýho provozu si po obdržení hlášení, že pilot byl nalezen a zachráněn, zhluboka vydechl. Trochu ho sice znepokojila zpráva o tom, že je zjevně v šoku a nesrozumitelně blábolí, ale hlavní bylo, že byl živ a že díky záchranářům konečně ztichnul i havarijní vysílač automaticky aktivovanej nafouknutím záchranného člunu. Radost mu netrvala dlouho. Zkazilo mu ji totiž hlášení pilota Kiowy, který velmi spokojeným, i když trochu unaveným hlasem oznamoval, že on i jeho stroj bezpečně přistáli na základně.

Jan Frána – Hafran

Večeře!

„Na vodáky!“
„Na vandráky!“
„Ne, na vodáky!“
„Ne, na vandráky!“
„Já chci na vodáky, prosím.“
„Vandráci jsou lepší.“
„Tak na vodáky a na vandráky?“
„Tak jo.“

Jerry vyšel z hospody a zadíval se do prudkého slunce. Ihned mu na čele vyrazily krůpěje potu. Byl trochu při těle a každý pohyb v tomhle vedru z něj vysál decku tekutiny. Teď měl na nějakou dobu dostatek zásob. Vlastně byl rád, že se konečně od těch vodáků zvedli. To bylo furt: „Napijeme se na vítr v zádech. Na otevřené šlajsny. Na pevné květáky. Na zavřené vpusti elektráren.“ Teď to z něj všechno poteče ven a to všemi velice úzkými póry. Pady na tom nebyl o moc líp. „Je to hnus,“ řekl, když vyšel před hospodu. Nakonec hodili oba usárny na záda a zastavili se před mapou Klubu českých turistů. Jerry zapíchl prst do červeného obdélníku s vlaječkou. Jen kousek pod ním, na modré stužce řeky, našel symbol označující jez. Koupel po té divočině před chvílí neuškodí.

Pepek vyšel z hospody a na vratkých nohou zamířil přímo ke břehu řeky. Dopotácel se až k vysokému břehu a pomalu a opatrně se naklonil. Množství rumu a fernetu z neustálých přípitků ho tlačilo do stěn žaludku. Připadal si, jako kdyby před chvílí spolkl petřínskou rozhlednu včetně výpravy japonských turistů a hrot antény na vrcholu rozhledny ho teď do stěn žaludku nemilosrdně píchal. Pomalu se naklonil k načervenalému pařezu čerstvě uříznuté olše, jednou rukou si na hlavě přidržel námořnickou čepici a druhou rozvázal šňůru. Loď na nehybné hladině řeky ožila. S úlevou se posadil na sedačku a připíchl loď pádlem ke břehu. Na břehu se konečně objevila i Hedvika. Lehce se jí motaly nohy a za každým krokem škytla. Pomalu sklouzla po travnatém břehu do vody a sedla na volné místo na háčku. Pepek odrazil a nasměroval špičku lodě do středu řeky. List pádla nechal ponořený v tmavé vodě naplocho, jako pojistku, kdyby se to zvrtlo. Ze středu řeky již viděl betonové bradavky, vrostlé do hrany jezu. Zaostřil. Když zůstaly stát betonové kozy na jednom jediném místě, mohutně zabral. Hedvika položila pádlo přes borty, stáhla triko, pohodlně se položila a hlavou opřela o barel. Jako vždycky na nekonečném voleji. Sluneční paprsky jí donutily zavřít oči. Studený vítr proudící nad hladinou posunul hranu jezu jen kousek za její sedačku.

Jerry a Pady došli až k jezu. Vodu padající z betonového přepadu drtily ostré hrany kamenů pod jezem do mlhavé tříště. Jediné místo na pořádný ponor bylo pod ústím šlajsny. Shodili ze zad usárny, stáhli na tělo přilepené košile a rozvázali tkaničky kanad. Voda proudící z propusti na jejich záda příjemně chladila a trhala a odnášela z jejich těl nalepenou špínu. Navíc jejich záda i příjemně masírovala.

Pepek zamířil špičkou lodě přesně mezi kozy. Oblý lem vody na hraně nasvědčoval tomu, že v samotné šlajsně bude vody dost. Řeku jel v tomhle období už poněkolikáté a všechny jezy měl načtené. Bylo zbytečné vystupovat. Hedvika se ani nenamáhala zvednout. Už to s Pepkem jela snad desetkrát. Navíc jí začala bolet hlava a každý pohyb by bolest jenom zmnožil. Pepek zasunul nohy pod sedačku, mírně se vyklonil z lodi a zabral. Příď lodi se zapíchla do vzduchu nad propustí, a když se těžiště posunulo až na úroveň zadáka, prudce se sklopila a dno lodi hlasitě bouchlo o hladinu. V ten okamžik se na konci propusti objevily dvě hlavy.

„Ty vole," zařval Pepek. Kování pádla zbytečně a bezvýznamně zadrnčelo o betonové dno propusti. Loď už řídila voda.

„Ty seš debil!" ječel Jerry na Pepka. „Měl ses do tý propusti, než jsi tam vůbec vjel, podívat."

„Vy jste debilové," řval Pepek na Jerryho. „Jenom debily může napadnout posadit se přímo doprostřed otevřený šlajsny."

Jerry už to nevydržel a praštil Pepka pěstí do tváře, až mu z hlavy spadla námořnická čepice.

Pepek pustil koňadru, za kterou dosud držel otočenou loď a uchopil pádlo oběma rukama. Potom s ním švihl. List pádla oddělil Jerrymu ruku od těla a ta spadla do vody a pomalu odplouvala.

Jerry si to nenechal líbit. Již jenom jedinou rukou udeřil Pepka opět do hlavy. Ta prudký náraz nevydržela, urvala se z krku a s dutým žblunknutím zmizela pod vodou. Bezhlavý Pepek opět napřáhl pádlo

„Tak kluci, zabalte to lego a bude večeře," ozval se hlas z kuchyně. Kluci sebrali z modrého koberce loď, pádla, zbytky

Pepka a Jerryho, zatím celého Padyho i celou Hedviku a ho-
dili je do krabice.

„Zítra si budeme hrát na policajty.“

„Ne, na hasiče.“

„Na policajty!“

„Na hasiče!“

„Tak sakra, co bude s tou večeří!“

Jan Valeš – Jeňýk

Patron Řeky

„Pojeď, bude to sranda," hučela do mě vytrvale Vendula, „tři čtyři dny v přírodě, čistej vzduch, zdravej pohyb..."

Denně chodím od nás ze samoty pěšky do práce. Skoro tři kilometry. Zpátky taky.

„Mám vzduchu i pohybu až až," bránila jsem se zatvrzele.

A s přírodou jsem uzavřela oboustranně prospěšnou dohodu – ona mi nepoleze do baráku a já budu třídit odpad.

„Krom toho," vytáhla jsem svůj největší trumf, „na vodě jsem byla jednou jedinkrát v životě – když mi bylo patnáct."

„No vidíš!" zajásala. „Tyhle věci se nezapomínaj, to máš stejný jako s kolem, jak se to jednou naučíš, umíš to navždycky..."

Zapomínat nebylo co, tu pitomou loď jsme tenkrát převážně tlačili, protože bylo málo vody.

A kolo taky dvakrát nemusím.

A co hůř – nevzpomínala jsem si, že by kdy nějakou řeku sjížděla Vendula.

„Víc než tři dny ani náhodou..." projevila jsem ochotu vyjednávat.

„Jasně, jasně, s ničím si nedělej starosti, všechno zařídím," praštila mi s telefonem.

BAL SI VECI, V PONDELI VYRAZIME. *Panebože, ono jí to ne-přešlo.*

„Vendy," chtěla jsem mít jasno, než bude pozdě úplně, „koli-krát jsi v tom seděla?"

„Neboj… párkrát jo… s Jirkou."

„Seš si stoprocentně jistá, že to nebyly houpačky?"

Skoro se urazila. „Sleduj," rozmáchla se. A nic.

„Nedržíš to veslo obráceně?" vybavila se mi kratičká in-struktáž.

„U kánoe se veslu říká pádlo."

Výborně. Ovšem… pokud jsme teoreticky takto na výši, proč ne-plujem?

„Co kdybysme se odstrkovaly ode dna?" navrhla jsem.

„To se asi nedělá, ne?"

Dělá nedělá, těch padesát metrů, na kterých jsme se už půl hodiny točily, mi začínalo lézt krkem.

Kolem poledne jsme se dokázaly udržet víceméně uprostřed řeky a většinu času i přídí vpřed, což dodnes považuju za jeden ze svých největších životních úspěchů.

„Že se ti to začíná líbit?" dorážela Vendula.

„Něco do sebe to má," připustila jsem neochotně. *Ale kdy-bych seděla doma na zadku, mohla jsem mít vypletý jahody.*

„Přibližně stejně bych důvěřovala chýši z palmovýho listí," přeměřila jsem si pochybovačně vetché přístřeší, které se nám povedlo sestavit z obsahu zavazadla označeného „STAN".

„A vůbec – neměly jsme dojet někam sem?" píchla jsem prstem do mapy.

„Kdybys před každou peřejičkou nevylejzala a nenosila všechno na břeh, tak bysme to stihly."

Spíš asi ne, ale uznávám, že nás to zdržovalo hodně. Jenže podle mně je lepší být bezectně suchá než se ctí durch.

„A chvátáme snad někam?" došlo mi v tu chvíli.

„Jasně že ne… a i kdyby… s tím naším čaroplavectvím…" uchechtla se Vendy a svorně jsme zasedly k večeři.

„CO – TO – JE???" strčila do mě zničehonic. Leknutím mi zaskočilo.

„Kde?" dusila jsem se.

Odhadla bych to na šavlozubého tygra – kdybych si nebyla celkem jistá, že vyhynuli někdy koncem pleistocénu.

„…pes???" zkusila jsem pravděpodobnější variantu.

Byl obrovský. Obrovský, tmavě šedý a vychrtlý tak, že bylo vidět, jak mu tluče srdce. Jen tak tam stál a pozoroval nás žlutýma očima.

„Kdyby byl lidožravej, tak by se to snad proslechlo, ne?" zadoufala Vendy.

„Kdo by to asi tak proslech? Spíš by nebyl tak hubenej…"

Pod upřeným pohledem mi nějak přestávalo chutnat. „Je to jenom trochu guláše – ber, nebo nech ležet," oslovila jsem přízrak z uctivé vzdálenosti. Nechal ležet. Ale ráno byl kastrolek prázdný.

„Říkala jsem ti, abys ho nekrmila, že se ho nezbavíme," ukázala Vendula na šedavý obrys.

Pokrčila jsem rameny. Ten tichý pobřežní doprovod mě zvláštním způsobem těšil. Jen mě mrzelo, že na nás za každou zátočinou musel čekat.

„Nepřestěhujem se? Jsou úplně vožralý…" ohlížela se Vendy znechuceně po partě, která se utábořila chvíli po nás.

„Než se sbalíme, setmí se úplně," drbala jsem si mrzutě komáří štípance.

„Ženský, pojte na pivóóó…!"

„Nevšímej si jich, zalezem a snad daj pokoj."

Přání otcem myšlenky.

„ŽENSKÝ!!!"

Břink… něco rozbili. A hodně blízko.

„VY – LEZ – TE!!!" otřásl se náš chatrný úkryt.

Měly jsme popojet… nebo zavolat policajty dřív… jedna… pět… os-mička je kde, proboha…?

Venku zavládlo mrtvé ticho…

„CO – TO – JE???"

Kde já tohle nedávno slyšela?

„Týýý vole… to je pes???"

Správně, hoši.

„Týýý vole… sem eště neviděl…"

Já sice taky ne, ale zaplaťpámbu za něj.

Dunivé vrčení potvrdilo přeskupení sil v náš prospěch. Na stan dopadlo několik nepříliš vynalézavých nadávek… a flaš-ka… a… odtáhli.

K ránu začalo pršet.

Ležel u lodi, promoklý na kost.

„Měli by tě prohlásit patronem týhle řeky," pohladila jsem bez váhání mohutnou hlavu.

„Končíme," prohlásila Vendula. Ani mě nenapadlo protes-tovat.

„Moc se to nepovedlo, viď?" ozvala se nejistě.

„Hmmm…," nebylo mi do řeči. *Ty jeho oči, když se vlak rozjíž-děl… Nechaly jsme mu tam jídlo, ale…*

„Ten courák teďka staví kde?"

„Na nejbližší mezi… nejspíš… co blbneš?"

116

Bundu, mobil, peněženku…

„…věci mi nech u vás, nebo na vlakáči!" stihla jsem křiknout, než se osobáček znova rozjel.

Pááni, vážně na mezi. A leje jako z konve.
Utáhla jsem si kapuci a vyrazila po kolejích zpátky.

O rok později…

„…seš strašně hodná, Vendulko… ale ne… vážně ne, děkuju… Stejně by mi takhle narychlo nedali dovolenou… Krásně si to užij… a stav se, jestli – ehm – až se vrátíte… Ahoj…" zaklapnu telefon.

Spokojeně se rozhlédnu zahradou a pohladím svůj temně šedý čtyřnohý stín po širokých zádech: „Ale jo, řeku my moc rádi, viď, Vojtíšku… Hezky ze břehu, pěšky…"

Žluté oči se přivřou na znamení souhlasu…

Charlie

„Bez Vojty ani k potoku," prohlásila jsem neústupně.

„Nejde o Vojtěcha, ale o tu šílenou spoustu krámů, co mu s sebou všude taháš. To je tak si najmout parník."

„Ty… a co vážně jet parníkem? Hele – štramáckej kapitán, snídaně na palubě…" zamlouval se mi ten nápad čím dál víc.

Že my se vždycky necháme ukecat, snášela jsem na hromadu misky na vodu, krmení, plachtu na přístřešek, reflexní obojek, kartáč…

„Teda Vendy," obcházela jsem obdivně bílou vertexku, „ty se vzmáháš."

„To je Honzova," uvedla na pravou míru své majetkové poměry.

Vendulčina nového přítele jsem poznala nedávno. Až na podivnou zálibu v divoké vodě mi přišel v pohodě a nerada bych byla příčinou změny.

„Řekla jsi mu, že jedeš s amatérem?"

„Proč podávat zbytečné informace," odvětila lehkomyslně Vendula, „když to pozná sám?"

„Tohle všechno je tvoje?" nevěřícně šťouchla do jednoho ze dvou obrovských batohů.

„Deset – kilo – granulí?!" prohrabávala se jejich obsahem ve snaze vyházet dle jejího názoru nepotřebné.

„Kdyby to nestačilo, tak v tý tašce mám pár konzerv," uklidňovala jsem jí.

„Co mám dělat já?" nabízela jsem pomocnou ruku coby satisfakci za vyhranou bitvu o Vojtěchovu speciální termopodložku.

„Nepřekážet," pokoušela se Vendy přijatelně rozmístit bagáž.

Páááni, tohle vážně začíná vypadat na báječnou dovolenou, uvelebili jsme se s Vojtou na vyhřátých kamenech.

„PÁDLUJ!" vyvedla mě z omylu Vendula, jakmile jsme odrazily od břehu.

„Snad se můžu aspoň kochat, ne?" snažila jsem se získat chvilku oddechu.

„Dělej si, co chceš, ale laskavě při tom PÁDLUJ!!!"

„A nemoh by mě Vojta vystřídat?"

„Kéž by," odsekla bezcitně moje kdysi ohleduplná kamarádka.

„Dobrý?" koukla po mně trošku rozpačitě, když jsem se večer v předklonu sápala na břeh.

„Nadšenýho vodáka ze mě neuděláš, s tím nepočítej,"

prohlížela jsem si zádumčivě mozoly, „ale jednou za dva roky to snad přežiju."

„Ovšem, takhle by to šlo," vychutnávala jsem si druhý den poklidnou dopolední plavbu.

„Stavíme se v kempu, jestli tam nejsou nějaký známý?" ozvala se stejně přívětivě vyladěná Vendula.

„Maj tam sprchy? S teplou vodou?" souhlasila jsem natěšeně.

Docela narváno, pak tu někoho hledej, ohlédla jsem se po Vojtovi. Stál a upřeně zíral mezi stany.

„Ke mně!!!" zařvala jsem v okamžiku, kdy se jeho poctivých osmdesát kilo živé váhy vyřítilo na vousáče s holčičkou v náručí.

„To není možný, Čárlí, chlape! Kde ses tu vzal? Majdo! Je tu Čárlí!" rozpačitě jsem přihlížela dalšímu bouřlivému vítání.

„Kde jste ho našly?" vzal nás vousáč na vědomí.

„To je na dýl. Je vedle vás volnej plac?" bylo mi jasné, že ten den se dál nepopluje. A poprvé jsem se z toho neradovala.

„…nahoře se to celý protrhlo, hele, to byl šupec, spláchlo nás to jako koťata," otřásl se Jimmy při vzpomínce. „Majdu odvezla rychlá rovnou do špitálu, pár dní to vypadalo, že o malou přijdem. No, a když jsem se tam vrátil, byl pryč. Hledal jsem ho všude, vyvěsil jsem fotky, i na netu byly…"

„Cokoli na internetu je pro mně stejně dostupný jako billboard na sto patnáctým kilometru dé jedničky směrem na Brno," přiznala jsem neochotně.

„Ale zato už si aspoň nepleteš zabalák s vracákem," zastala se mě nečekaně Vendula.

To je mi platný, jestli budou chtít Vojtěcha zpátky, bylo mi čím dál hůř.

„Nechte ho, ať si vybere," navrhla Vendy, když jsme ráno rozpačitě přešlapovali na břehu. V zasmušilém tichu jsme odrazily.

Drrrrb… kchchrrrrr…

„Nebreč," ozvalo se za mnou místo obvyklého „a tentokrát jsi ten šutr neviděla proč?" *Takhle to bylo fér.*

„No jo, jenomže on si určitě myslel, že už ho nechci, když jsem na něj nezavolala," nesnesla jsem prázdný břeh.

„Hele… hele…!" praštila mě zničehonic pádlem.
„VOJTÓÓÓ!!!"

„Byl tam foťák," suše podotkla Vendula, když se vynořila.

„Levnějc by mě vyšli poštovní holubi," vložila jsem zachráněnou SIM kartu do nového přístroje.

Pink pink pink – smazat smazat… moment, tuhle ne: AHOJ, MOHLA BYS OBCAS DAT VEDET, JAK SE MA? A POSLAT NAKY FOTKY?

Hm, tak s fotkama to bude horší… Ovšem… zamračila jsem se na počítač, *když jsem dokázala pochopit, co znamená traverz, tak snad zvládnu poslat mail, ne?*

JASNE :) vyklepala jsem sebevědomě a rychle stiskla „odeslat".

A když už jsem měla mobil v ruce… „Ahoj, Vendy, hele, mám báječnej nápad na dovču na příští rok."

„Nech mě hádat. Lusitania…? Titanik…?"

Když jsem jí vyložila svůj plán, rozhostilo se v telefonu nevěřícné ticho.

„Trampa za mně neuděláš, s tím nepočítej," zmařila mou naději na týden skutečného odpočinku.

Tobě se to směje, ty pádlovat nebudeš, pohladila jsem Vojtěcha po širokém čele a pod pobaveným pohledem žlutých očí otevřela *Příručku vodáka* na straně 14: *Odlamovat znamená…*

Lucie

„S Majdou a Jimmym jsi mluvila?"

„Jasně, sejdeme se ve středu a pak v neděli, to s nima můžem den dva zůstat," zvládala Vendy s přehledem přípravu nadcházející dovolené.

„Je mezi váma všechno v pohodě?" vyzvídala jsem opatrně na nezvykle zamlklé Majdě.

„No… víš…" ukládala Lucinku ke spaní, „Jimmy toho teď má v práci moc… a Lucce rostou zuby, celý noci prořve… A hlídání nemáme…" vracela se unaveně k táboráku.

„To nemyslíš vážně?" zasténala Vendula, když jsem jí nastínila svůj poněkud mlhavý nápad.

„I když…" začínala se chytat, „vlastně by to mohla bejt docela sranda."

„Zmizte už," vyháněly jsme váhajícího Jimmyho i Majdu, „dva dny si snad s jedním capartem poradíme."

„A když ne my," dodala Vendy jasnozřivě, „tak Vojta určitě."

„Kam to jako chceš dát?" zahloubaně obcházela hromadu dětských nezbytností.

„Hlavně aby nám nevypadla," projevila jsem důvěru v její organizační schopnosti.

„Co by vypadávala, když bude přivázaná," nezklamala mě.

„Vždyť je zlatá," okouzleně jsem pozorovala spící holčičku.

„Řeka dělá zázraky," přitakávala spokojeně Vendula.

„Nevíš, kde je ten zatracenej dudlík?" pokoušela se překřičet Lucčin řev.

„Ne," šacovala jsem se, „ale byl poslední. Jestli ho taky vyhodila, jsme namydlený."

„Nějak jí zabavit musíme," prohrabávala jsem loďák. „Tumáš," obětovala jsem Vojtovu obrovskou kost z buvolí kůže.

„Mastňáků si nevšímej," přehlížela Vendy zlomyslné poznámky, když jsme nad jezem vyndávaly většinu bagáže.

„Můžeš jí zatím zkusit trochu umejt," podala mi ušmudlanou holčičku, sedla do kánoe a za obdivného *aaaaaach* přihlížejících mistrně proletěla šlajsnou.

V uctivém tichu jsme přikurtovaly Lucinku, zatvrzele svírající uslintanou kost, naložily růžový nočníček, tašku dětské výživy a pytel psích granulí.

„Jedem?" sáhla jsem po pádlu a pískla na Vojtěcha.

„Vendy… až bude chvíli čas… mohla bys mě… no… trochu učit? Ten jez… to bylo úžasný…"

„Jasně," rozzářila se. „A až s náma pojede Honza, řeknu mu, aby tě trochu procvičil, chceš?"

„Jo," překvapila jsem hlavně sebe.

„Tááák, Lucinko, jdeme papat," posadila jsem si holčičku na klín.

„Vzdávám to, necháme jí vyhládnout," odložila jsem lžičku a oklepala ze sebe mrkev.

„Ehmm… co měl Vojta k večeři?" ždímala Vendula tepláčky.

„Konzervu… rejži s kuřecím…" zvedla jsem misku, ze které Vojta s Lucinkou svorně vylizovali zbytky.

„Přece jí nemůžem krmit psíma konzervama?" váhala jsem nad hovězím paté.

„Proč ne, když jí to chutná," namítla celkem rozumně Vendy a otevřela plechovku.

„Dejchej na ní nebo jí zpívej, jenom ať neřve," položila jsem Lucku Vojtěchovi mezi přední tlapy.

„A hlavně jí neber tu kost. Hned jak se vrátíme, koupím ti kůži z celýho buvola," zívla Vendula.

„Dík, bylo to fajn. Ale strašně se nám po ní stejskalo," nepouštěl Jimmy Lucinku z náruče. „Seď, já jí uložím," zadržel Majdu.

„Vůbec nevím, holky, jak vám poděkovat," usmívala se, když odešel.

„Maličkost," mávla rukou Vendula.

„Kdybyste někdy potřebovali hlídání, stačí říct," pohlédla jsem stranou, kde se v záři táboráku smály žluté oči.

Kde se potkávají přátelé

„Teda, z tebe už je slečna," lichotila jsem Lucince. „To už tě vaši berou na vandry, viď?"

„Vojtíku!" neztrácela malá čas zdvořilostmi.

„Jo, ale letos žádnej vandr nebude, zůstaneme tady," vítala nás Majda. „Nerada bych zas půlku proležela," pohladila si zakulacené bříško.

„Už víš, co to bude?"

„Necháme se překvapit," smála se. „Zdržíte se?"

„Záleží na Vendule," ctila jsem svého kormidelníka. „Ale spíš asi jo," nebylo mi proti mysli pár dní v relativním pohodlí poloprázdného kempu.

„Tak fajn, sejdeme se navečer, jdu se s Luckou chvíli natáhnout. Stejně se zas žene bouřka," ohlédla se otráveně k černému obzoru.

„Těhotná sice nejsi," četla mi Vendula myšlenky, „ale za ten včerejší jez si trochu klidu zasloužíš," uchechtla se při vzpomínce na Honzou poskytnuté školení.

„Ale nakonec jsem ho sjela. Singl," zalezla jsem spokojeně do stanu.

„To dělá to počasí," vysvětlila mi, když se uvelebila vedle mě.

„Není tu Lucka?" vytrhla nás z dřímoty promoklá Majda.

„Ne... a Vojta taky ne... budou někde spolu," snažila jsem se probrat.

„Počkej, jdeme s tebou," natahovaly jsme na sebe pláštěnky.

Během chvilky byl kemp na nohách.

„K řece by musela přes bránu, prohledáme druhou stanu. Jimmy půjde s náma, Majda tu zůstane, kdyby se Lucina vrátila," snažil se uklidnit zmatek kluk z vedlejšího stanu. „Pro jistotu vemte baterky... a držte se u sebe, ať jí nepřehlídnem."

Bouřka sílila.

„Luckóóó!!! Vóójtóóó!!!"

„Slyšíte to?" zarazil nás Standa.

Přes hukot větru se neslo hluboké, ochraptělé štěkání.

„Tady jsou!!!"

Lucinka se choulila za velkým vývratem. Vojtěch, zavalený zlomeným smrkem, stál nad ní a chránil jí.

„První vyndejte holku. Vlez tam, Jimmy, a ty uklidňuj psa," ujal se Standa vedení. „Vy to držte, ať to na ně nespadne celý."

„Je tam spousta krve, ale Lucka má jenom pár škrábanců," prohlíželi rychle malou.

124

„…Vojtík do mě strčil a nepustil mě… a upad na nás strom… a Vojtík brečel…" doléhalo ke mně clonou dusivého děsu.

„Neřvi a sviť," utrhnul se se na mě Standa.

„Musíme to z něj sundat, nemůže dejchat!"

„Ne," zvednul se. „Tyhle dvě větve má vražený do břicha."

„Jinak," vzpamatoval se rychle a obrátil se na Jimmyho: „Tebe s malou ať někdo vezme pro jistotu k doktorovi. Kdo další tu má auto a nepil?"

„Fajn, doběhni pro něj a přijeď co nejblíž. Vemte deky… a něco, na čem ho odnesem. A pilu nebo sekeru."

Z cesty na kliniku si pamatuju jenom Vojtův tichý nářek a jeho čím dál namáhavější dech.

„Vůbec jsem nevěřil, že to přežije," podepisoval veterinář propouštěcí zprávu. „Jsi pašák," pohladil Vojtu uznale.

„Myslel jsem, že to víte," překvapil mě, když jsem vyndala peněženku, „ráno se tu stavěla parta trampů, měli s sebou takovou hezkou malou holčičku, všechno zaplatili…"

„Zajímalo by mě… kde jste potkala takový kamarády?" ještě nás zastavil ve dveřích.

Pohlédla jsem do žlutých očí svého čtyřnohého přítele.

Věřte nevěřte, doktore, na řece.

Kruh se uzavírá

„Co je s ním?" stáčela Vendula kánoi ke břehu.

Stárne, uvědomila jsem si provinile, když nás udýchaný Vojta doběhl.

„Ty, Vendy…" šťourala jsem se bez chuti v ešusu, „zlobila by ses hodně, kdybych…"

„Mám lepší nápad," sáhla po mobilu. „Honzíčku, kocourečku…"

„Uh -?"

„Řidičák ti snad zatím nesebrali?" odmávla moje námitky a otočila se k Vojtovi: „Jmenuju tě velitelem podpůrného pobřežního oddílu. Prosím tě, dohlídni na ní, ať neskončíte v dolním Rakousku."

„Připoutej se a naviguj," požádala jsem svého čtyřnohého spolujezdce. „Víš, jak nesnáším tyhle elektronický radily," sežehla jsem pohledem GPSku a přidala plyn Honzově nové Octavii combi.

Za přivřenými víčky přeplývá odpoledne v podvečer. Každou chvíli by tu měli být.

„Tak co, parťáku," dotknu se jemně zjizveného boku, „jdem se poprat s kastrolama?"

„Vidíš, úplně akorát," za pozorného dohledu žlutých očí odstavuju vonící guláš.

Z něžného letního soumraku se vynořuje příď bílé kánoe.

„Ahóóój, Vendy!!!"

Ahoj, Vojtíšku...

Barbora Dvorecká

Kdo se topí, je vůl

„Jeli jsme tu řeku, co už dneska není, kolodějská šlajsna, kdo ji dneska zná? On byla mrcha, měla zabalák a ještě křivá byla, už ji spolkla voda… ale tehdy ještě, nad Vltavotejnem…"

Je večer v kempu a lije, ta veliká bouřka, která hrozila už od tří odpoledne, se proměnila v ceďák. Kdo včas neutekl, ten uvázl tady, pod plachtou, která protéká a ředí pivo, beztak vlaze špatné, kytara se vlhkem kroutí ve futrále, dnes se hrát nebude, hvězdné nebe si vybralo náhradní volno. Tělo na tělo jsme se tu naskládali, neznámí, známí, bav se jak umíš, každý něco breptá.

„To byla velká voda, tak veliká voda, až Lužnice nad Suchdolem tekla do lesa… a my v tom lese zabloudili a hledali se a hledali jsme řeku, Záděra chyt za větev a vypad z lodi, pak jsme mu sušili hodinky nad svíčkou…"

Ten chlápek mě upoutal úporností, s jakou si vede svou a je mu zřejmě fuk, jestli má ten jeho příběh spár a spád anebo jestli se přeukrutně vleče. Nebo to možná nevnímá, vypráví, jako by zpíval, je mu málem sto, je dávno za zenitem.

„Já jsem tam umřel, což byla celkem sranda. A jak to šlo snadno… Já se tehdy nebál, nevěděl jsem čeho, pohoda, léto, pět lodí na Lužnici, v nich vesměs čerstvě bývalí absolventi bolševických věznic, zkušenosti z prázdnin často chyběly… Bylo to v čase tání, velkého propouštění, rehabilitace se tomu říkalo, a byl na to vtip: *Víš, co je absolutní rehabilitace? – Dělat židy z mýdla…*"

Teď udělal pauzu, snad zkouší, jestli se zasměju, nezasměju se. Nezmátlo ho to.

„Všichni jsme byli zkrátka hodně nevinný, když jsme jeli tu řeku, a to my dva jsme si ještě připadali šikovný, na leccos jsme přišli cestou, třeba jak ty zákruty vyjíždět proudnicí… kdo si chtěl zkracovat trasu, dral se protiproudem…

Já jel tehdy s Ludvou, ten v tom lágru neztloust, byl jak za groš kudla, holky se nám smály, že jsme prima pár… Což bylo fakt prima, že tak málo vážil, dělal mi háčka, já byl na kormidle… Držel jsem se vzadu, jel jsem na ocase, abych viděl na tu holku před sebou. Byla to jistá… no, říkejme jí Laura… dneska je sice už po smrti, nicméně kompromitovat dámu, na to já nejsem, to se nedělá… Laura, s tou bych byl já jel radši, nádherná ženská, velká jako kůň. Studentka AVU, dělala sochařinu, sama měla tělo jako štátuje…"

Když se jim smály, asi měly čemu. Teprve teď jsem si všiml, jak je malinký, sotva půldruha metru. Zasněný pradědeček, napadlo mne. Jeho bleděmodré oči si mne už našly, vypráví jen pro mne, musím poslouchat.

„Šlajsna byla křivá, před námi tři lodě, všechny se tam cvakly, nám se nechtělo, což mělo svůj důvod, a přenášet už vůbec, s tím nám dejte svátek, my loď sotva zvednem! No tak jsme si řekli: ušetříme sílu, máme za ušima, pustíme ji přes jez.

Najel jsem na něj vpravo, tam bylo málo vody, vysed jsem a dostal prima nápad. Ludva si klidně může hačat v lodi, převleču ho přes to, chytrost žádné čáry, všem jim vytřem zrak… dole bublá pěna, takový proužek, co se může stát?

Pak to šlo ráz na ráz, příď křísla vlnu a Ludva tam spad. Já se držel lodi, pronesla mě válcem, dál už bylo mělko, o šutry šlupka a já už jsem stál. On se nějak zmítal, asi nemoh ven. Já byl od něj metr…"

Zadumaně mlčí, jedna, dva, tři, čtyři.

„Mně se v hlavě udělal citát, myslím, že z Nahých a mrt-vých. Že jste to nečet?"

Hele ho, dědka, střílí ze zálohy, to ať si nechá, já se jen ušklíb, copak někdo čte?

„Nazí a mrtví, napsal Norman Mailer, válka v Tichomoří," poučí mě mužík promptně,

„to je dobré čtení, jeden z té čety se tam rozhlíží, jestli by se nenašel někdo, kdo by šel někam, kde jde o život a kam se jemu nechce, ale nikdo nikde, no tak si holt řekne aha, musím sám. A já se pod tím jezem zrovna tak rozhlíd, jestli je tam někdo správnej, kompetentní, ale uviděl jsem jenom Záděru, a ten byl po obrně. Obrna je nemoc dneska málo známá, tehdy celkem hojná, kdo ji dostal, ten bez holí nechodí…"

– protahuje příběh, vychutnává slova, má mě za pitomce, poslouchá se rád.

„Tak jsem loď pustil, ale pádlo držel, že mu ho podám, aby se ho chyt. Ludva se tam házel, víc pod vodou než nad ní, neslo ho to do středu a k šlajsně, já šel pořád za ním a potom jsem tam vlít.

A teď to teprve začne být zajímavé, jak to člověku myslí, když vůbec némá čas myslet!

Ta voda měla sílu, táhla mě dolů a já ji mlátil a řezal a občas chytil dech a zase se v ní točil a přitom jsem si říkal tak divně, strašně jasně: No vida, to jsem měl starostí, co si počnu se živo-tem… a ono je to takhle… A pak už mi to bylo vlastně jedno. Už jsem se nesnažil a nerval se nahoru, už jsem byl unavený… ona je to šichta… hlavou mi to břinklo o nějaký kámen… a dál už nevím nic."

Ukázalo se to jako nosné téma. Okolo jediné svíčky na ucin-taném stole jakoby se rázem zahemžili nemrtví.

„A pak jste umřel?"

„Ne, pak jsem se probral. Klečela u mne Laura, opírala se o mne pěkně celým tělem a dávala mi francouzáka… nebo co. O tom se mi nikdy ani nesnilo. Spíš to bylo dýchání z úst do úst, ono to vypadá zhruba stejně, jenže já z toho nic neměl. Chtěl jsem se zeptat, co je s jako s Ludvou, ale vyšlo ze mě jen takové ble ble ble… a všichni z party se najednou roztleskali. To bylo divné."

„Vytáhli vás?"

„No aby ne, všimli si nakonec, jak se tam meleme, udělali řetěz… Laura mě vytáhla, plavala závodně, ta měla ramena… Říkala, že mě nemohla vyrvat, myslela, že mě přetrhne, že jsem o něco zachycený, ta voda má sílu sta koní v každém deci! Vzali mě za nohy, hlavou dolů, vylili vodu… Ale mě celkem nic nebylo, já se pak vyzvracel… Myslel jsem, že se budu bát vody, tak jsem šel večer k řece… ale nebál jsem se, zase jsem plaval."

„A ten váš parťák?"

„Ludva? Ten na tom byl hůř, on tam byl taky o pár minut dýl, nadýchal se víc vody. Odvezla ho rychlá, ležel ve špitále, dostal zápal plic… Dopadlo to dobře! Dopadlo to skvěle!"

Naklání se ke mně.

„Ale největší fór byl, že se do mně Laura zamilovala. A přišla za mnou do stanu… když jsem tam teď byl sám. Všude hlásala, že jsem hrdina, šel jsem zachránit kamaráda! Byli jsme komický pár, ona větší o dvě hlavy… Já přitom dobře věděl, že nejsem hrdina, ale vůl."

Mužík se na mě usmívá a vypadá jako stará bonsai.

Olga Walló

Kabrňák

Potkali jsme ho na zimním táboření v Krkonoších a zkraje nás skoro naštval. Vyhlašovala se totiž soutěž o nejvzdálenějšího účastníka. My Jihočeši už jsme si byli skoro jistý, když se od lesa přiřítil pořez v červený čepici. „Morava, tady Morava!" hulákal.

Striga z pořádající osady s mapou v jedné a kružítkem v druhé ruce se zeptala: „Severní nebo jižní?"

„Jižní! Brno!" vykřikl a cena byla jeho.

Když vám někdo utrhne flašku tulamorky skoro od huby, nepotěší vás to. I když ji Brňák dal vzápětí kolovat. A protože se ukázalo, že je na zbytek sám, rozhodli jsme se s ním sblížit.

„Co kecáš o jižní Moravě, když seš z Brna?" zahájil hovor Šmejdil. „Brno není žádná jižní Morava! Nebo snad máš doma vinnej sklípek a vyšívanej kroj?"

„Kroj nemám a sklípek v paneláku stačí leda tak na lyže. A vy byste chtěli do vinnýho sklepa?" nadhodil Brňák. To znělo zajímavě. A rychle jsme se domluvili, protože, jak se ukázalo, v Brně má *každej* strejdu se sklípkem. Nebo aspoň známýho, kterej má známýho.

Říkali jsme mu pořád Brňák, protože byl Frank a toho my máme v osadě taky. A za měsíc jsme se v tom sklípku, někdy kolem třetí ráno, dohodli, že Brňák s náma pojede na Velikonoce na vodu.

131

Už cestou domů ve vlaku nás napadlo, že když někdo v životě neseděl v lodi, měl by to možná prvně zkusit až v létě. Ale dohody ze sklípku se neporušujou. A Brňák vypadal, že něco snese.

Čekal jsem na něho u vlaku. Napřed se vyrojily hordy lyžařů, protože letos Velikonoce přály spíš jim. Pak vyskočil Brňák s báglem. Na rozdíl od lyžařů měl pádlo a červenej šátek na piráta. Za ním slezla po schůdkách malá blondýnka, tak třináct let. Taky s pádlem.

Brňák říkal, že asi nepojede sám. Taky že ne. Z vlaku postupně vylezl vytáhlej fracek kolem patnácti, další malá holka, o něco větší zrzek, no celkem šest puberťáků. Poněkud mi zatrnulo. On vlastně ve sklípku říkal, že vede ňákej oddíl. Ale netušili jsme, že robátka vezme s sebou na vodu. Pátýho dubna.

Samozřejmě krom pádel neměli žádný vodácký vybavení. Zato bágly jak na měsíc v Antarktidě. „Jsme připravený," pochlubil se Brňák. „Nařídil jsem jim vzít si ne dvoje náhradní oblečení, ale troje!"

Představil jsem si, jak to budou cpát do barelů. „No, doufejme že se s tím vším vlezete do lodí. Ale stejně vám chybí to, co je v tuhle dobu nejpodstatnější."

„Co?" znejistěl.

„Záchranný brusle!"

Šli jsme do půjčovny, naštěstí tam mám kámoše. A taky bylo z čeho vybírat, protože Brňáci byli jediný šílenci, co chtěli v tomhle počasí půjčit vybavení.

Pochopitelně nikdo z nich v životě vodu nejel. Nás bylo sice šest, ale jich přesilovka a lichej počet. Navíc dvě naše holky byly na vodě jen jednou a kormidlovat neuměly. Takže nejlepší řešení byla pramice. Brňák trval na tom, že s robátkama pojede sám. No nazdar.

Navíc mi při tom počítání s hrůzou došlo, že je nás dohromady třináct.

V kempu u řeky to nevypadalo nejhůř. Hlavně tam neležel sníh. Robátka čile postavila stany a vařila večeři, bylo vidět, že se vyznají. Takže vlastně jedinej problém byl Prudič.

To je jeden místní, kterej vždycky otravuje v kempu. Vybere si nováčky a začne je strašit. Vlastně si ani moc vymejšlet nemusel.

„No, včera v noci bylo mínus tři, ráno byl kolem břehů tenkej led. Dneska vypadá že přituhne. Ta voda může mít přes den tak dva tři stupně. Jo, vy jedete poprvé? Tak to počítejte, že se první den tak osmkrát desetkrát cvaknete, to je jasný…" Tak všelijak prudil. „Doufám že seš dobrej plavec!" vyzývavě se obrátil na Brňáka.

„Nepotřebuju umět plavat. Mám loď!" sebejistě zahlásil Brňák.

„To si doufám děláš srandu?" zeptal jsem se ho tiše.

„Nedělám. Su neplavec, no," přiznal šeptem. „Ale děcka plavat umí. Nic jim neříkej, přece mě neshodíš," zaprosil.

I v tý kose jsem se zpotil. Kristova noho!

Prudič dál dělal čest svýmu jménu. „Loni taky jedni podobný vyrazili eště v zimě. Jeden zůstal pod ledem a ten druhej je dodneška na kapačkách…" Viditelně se už začaly děsit i naše holky.

Brňák se zahleděl na Prudiče, zúžil oči a sevřel rty. Ale pak se usmál a vytáhl ze stanu kytaru. Robátka se hned chytla a prostě ty kecy překřičela:

„Řeka je široká,
voda nás nese,
i když je divoká,
nebojíme se.
Až přijdou peřeje,
na lodi dobře je,
rumem se zahřeje
ten, kdo ho snese."

Písniček znali hodně a slyšet je teda bylo. Prudič se ještě párkrát pokusil, ale neměl šanci. Asi po desátý písni se odflákal bez pozdravu domů.

„Spát!" zavelel Brňák. Robátka poslušně zalezla do stanů. Náš šerif Henry zvedl pochvalně palec: „Teda Brňáku, máš plus. Caparti jsou vychovaný, zpívat umíte a zaplaťpámbu je pryč ten kretén."

„Seš Kabrňák," dodal Šmejdil, a tak mu to už zůstalo. Stvrdili jsme to flaškou slivovice, kterou vytáh jako zápisný i za robátka a vypili jsme ji bez nich, páč by nebylo pedagogický...

Ráno sluníčko jásalo na obloze a snažilo se dohnat, co za poslední dny proflákalo. Chudáci lyžaři.

Henry se ujal zaškolování začátečníků. Šlo jim to prej docela dobře, hlavně teda robátkům. Kabrňákovo kormidlování mělo značný díry, který překrejvalo jedině jeho bezbřehý nadšení. Ale stejně se nedalo nic dělat: myšlenka, že bysme se prostřídali, aby na každý lodi byl někdo zkušenější, byla předem ztracená. Evidentně chtěl před svejma svěřencema zazářit. Anebo – možná – nepřenášet zodpovědnost za jejich případný utopení na někoho jinýho. Takže jsme už moc neotáleli a vyrazili na řeku.

Pramici s brněnskou posádkou bylo slyšet široko daleko. Kabrňákův baryton hlásal, že u maríny sloužil a po mořích se ploužil, a tak podobně. Jinak se potýkali s živlem jakžtakž slušně, nakonec všichni jsme ňák začínali. Na vodě skoro nebylo živáčka vodáčka a my jsme byli na jejich chyby připravený. Vzhledem k tomu, že jsme na startu měli dobrej čas, jsme na oběd dorazili přesně na to tábořiště, kam jsme si přáli. A hele, nebyli jsme tam sami. Čtyři lodě a osm lidí na břehu.

„Ahóóój," hulákal na nás povědomej hlas. Dingo! Hned se s náma běžel uvítat. Henrymu se rozsvítily oči a Šmejdil se nenápadně ohlížel, jestli Brňáci koukají, že nás Dingo zdravil první.

Dingo je totiž bejvalej reprezentant. Má pár medailí a málem byla mezi nima i olympijská. Jenže s robátkama to ani nehlo. Kabrňák vydal příkazy ohledně vaření a až potom se mě stranou zeptal, kdo to jako je. Nedal na sobě nic znát, ale zřejmě to svým dítkám sdělil, protože jsme si všimli, jak pozdějc Dingovi visej na rtech, kdykoli něco řekl.

Po obědě se obloha trochu zatáhla a spadlo pár kapek, takže jsme radši vyrazili, necelou hoďku po Dingový partě. Kdyby se rozpršelo, ať jsme na tábořišti co nejdřív. Dohodli jsme se, že já a Šmejdil s holkama poplujem radši rychlejc a Henryho loď bude průběžně konat odbornej vodáckej dozor nad pramicí. Což bylo sice dobře, ale zároveň to nestačilo, jak se vzápětí ukázalo.

Asi po půlhodině jsme dorazili k místu, kde se řeka stáčí kolem skály na levým břehu. Na pravým čekal Dingo a další dva jeho lidi. „Bacha," hulákali na nás zdálky.

„Neboj, my to známe," ubezpečil jsem je. „Musí se jet kolem tý skály, protože napravo jsou pak ty šutry, žejo. Při tomhle stavu vody to nebude problém."

„Nojo," zašklebil se Dingo. „Jenže von je tam spadlej strom."

Zastavili jsme, vyskákali a šli se na to podívat. Fakt jo! Úctyhodnej javor ležel skoro přes celou šíři průjezdného proudu. Zjevně ho přinesla jarní velká voda a pak se vklínil mezi skálu a sousední vysokej šutr, kterýmu se říká Menhir. „Dá se to vůbec jet?" zapochyboval jsem.

„Dá," pokrčil Dingo ramenama. „Naštěstí jsem to včas uviděl a nějak jsem to uhrál, ale je to makačka. Musíte napřed trochu doprava, ale hodně to rozpíchat, páč to tam dělá vír. No a pak se rychle stočit vlevo a trefit se do toho úzkýho proudu mezi kmenem a tím prvním šutrem. My jsme to teda dali, ale vaše holky nejsou moc zkušený a ti Moraváci už vůbec, co? Tak tady čekáme, že bysme si třeba sedli na kormidlo, hlavně na tý pramici. A někdo bude stát na támhletom placáku a navigovat, je z něj dobrej přehled."

Měl pravdu. Sjet se to dalo, pro jistotu v singlu, ale mákli jsme si. Zatraceně jsme si mákli! Dingova parta na tom nebyla líp. Říkali, že na postupným proplouvání po jednom, s veškerým vysvětlováním předem, ztratili skoro hodinu.

Lodě jsme nechali v zátočině a běželi ke skále. Nejvyšší čas, Henry s Beruškou už tam byli. Pramice prej má trochu zpoždění. Nechali si vyložit situaci a podle předpokladů odmítli pomoc. Vylezl jsem s Kačerem z Dingový party na ten placatej šutr, že budem navigovat. Bylo z něj vidět na javor u Menhiru i na řeku před skálou. Henry to dal vysloveně o vlásek a do toho už se blížili Brňáci.

Šmejdil na ně volal, ať zastaví u břehu. Dingo tam byl nachystanej, že půjde k nim na kormidlo, nejlíp možná sám nebo s dalším parťákem. Že by děcka a Kabrňák došli pěšky, což bude rozhodně bezpečnější. Šmejdil křičel, ždímal volume na maximum, pak už jsem řval taky, a všichni co jsme tam byli, ale co to bylo platný. Na pramici bujaře hulákali, že žaludek stoupá vejš a vejš, na lodi všechno skřípá, a netušili, že to vejš a vejš se blíží a loď bude skřípat na třísky.

Rozjásaně projeli kolem placáku a naše vyděšený mávání rukama asi považovali za uvítací ceremoniál. Vzápětí proud pramici vtáhl.

Projelo mi všechno naráz hlavou. Ty kecy Prudiče večer. Teplota v noci kolem nuly. Kabrňák neplavec, nakonec i ta nešťastná třináctka.

Kabrňák se vůbec nesnažil něco řídit, stejně by nevěděl jak a bůhví jestli by to zvládl. Když uviděl javor, jen otevřel pusu. Najednou všichni zmlkli. Proud hodil pramici čumákem přímo na kmen. Ozvalo se příšerný zapraštění, zavřel jsem oči a zařval.

Zařval i Kačer, holky na lodích v zátoce zaječely. Zase jsem oči otevřel a…

Kmen javoru uvolněnej nárazem důstojně plul po vodě. Řeka byla volná!

Pramice lehce klouzala v mírným proudu, Kabrňák vestoje mával červeným šátkem, robátka ukázkově pádlovala a všichni vítězně halekali:

„Řeka je široká,
voda nás nese,
i když je divoká,
nebojíme se…"

Iva Synáková – Tapi

Stará klofna

„Dobrý den, kontrola jízdních dokladů. Předložte prosím své jízdenky!"

Ota Klener se probral z dřímotu a vymotal z kabátu zavěšeného v rohu kupé. Podal průvodčí jízdenku a když za sebou zavřela, znovu se schoval pod kabát. Seděl u okna, ale nechtěl nikoho a nic vidět. Chtěl být sám se svou zoufalostí a bezradností, nechtěl s nikým konverzovat ani se tvářit, že je všechno v pořádku. Protože není.

Co mi asi udělají? Zalijou nohy do betonu a hodí do Orlíku? Blbost, to už se prej dneska nedělá, a navíc by přišli o svoje prachy. Useknou mi malíček? Vlastně, to prej dělaj japonci. I když, při dnešní globalizaci… Mohli se inspirovat. Nebo mě prostě zmlátěj? To by se dalo vydržet, takovejch nakládaček už jsem v životě dostal. Pak si vzpomněl, jak v televizi pořád ukazujou waterboarding. *Tam se teda inspirovat mohli, když to američanům funguje…* Udělalo se mu špatně.

Dveře kupé se otevřely a někdo se procpal dovnitř. Zavadil o ně přitom kytarou a ta vydala dutý zvuk. Sundal asi nějaký batoh a zvedl ho na mřížku pro zavazadla a pak udělal totéž s kytarou. Ota všechno odhadoval podle zvuků, ale nepodíval se a dělal, že spí. Hlavou mu táhly černé scénáře a bolavé vzpomínky.

Byla nádherná. Nikdy krásnější holku neviděl a od první chvíle už ani jinou vidět nechtěl. Třiapadesátiletej chlap, kterej se zamiluje jak patnáctiletej maník. A ještě k tomu do dvacítky. Tušil, že to nemůže mít šanci, ale nemohl si pomoct.

Šponovala ho. Dlouho. Pak se poddala a začalo to. Diamantovej prstýnek. Myslel si, že tak zapomene, že je starej, tlustej a žádnej krasavec taky není. Neměl na něj. Ale dneska ti půjčej třeba ze dne na den. Je to INVESTICE do vztahu, říkal si.

Za rok ho splatil. Jde to, říkal si. A koupil jí briliantové náušnice. To už nedal. Šetřil jak mohl, ale na konci měsíce mu nikdy na splátku nezbývalo dost. Úroky narůstaly, a tak si vzal další půjčku, aby měl na splácení. Jenže za měsíc byla pryč i rezerva. Diana chtěla na koncert. Diana chtěla na večeři do nejlepšího podniku. Diana chtěla nové boty.

Ota už neměl, kde si půjčit. A Venca mu dohodil Romana. Místního cikánskýho bosse, co měl pod palcem půlku sídliště. Měl na půjčování dost. A to byla poslední štace.

Včera Dianu doma nenašel. Zato našel její vzkaz.

„Antonín Velner," zvedl Tonda telefon. „Hm. Hm. Jasný. Tak to vidím na převodovku," odtušil odborně. „V pondělí to přivezte, a já bych řek že do středy to má… Haló?" Tonda se podíval na telefon. Možná byl ještě před chvílí chytrej, ale rozhodně byl mrtvej. Než ho dobije. Sakra. To jeho zapomínání. Strčil telefon do kapsy. *No co, to hlavní jsem mu řek. Ať s tím přijede…*

Vlak zastavil ve stanici. Venku zachroptěl nádražní rozhlas. Soběslav.

Ještě den budu zdravej. Snad to přežiju. Jenže co dál? Ten dluh nezmizí. Pořád budou chtít prachy. Mohl bych si vzít druhou práci. Ale touhle rychlostí a s tímhle úrokem bych to platil do smrti. Já snad budu muset přepadnout pumpu. Ale co když tam zrovna nebude dost…

Tok Otových myšlenek mu přerušilo otevření kupéčkových

dveří. „Tyvole Tondo, seš to ty?" zahlaholil další vetřelec.

Tady už klid nebude, pomyslel si Ota.

„Jé, nazdar, tebe bych fakt nečekal. Kam jedeš?" odpověděl ten s báglem a kytarou. „Jenom do Veselí, večer tam v jednom báru čepuju pívo. A kam ty?"

„Do Suchdola, my jezdíme každej rok touhle dobou Starou řeku. Čeká tam na mě parta a zejtra vyrážíme."

„Na vodu, jó? Taky jsem loni byl. Na Vltavě. Já teda nejsem žádnej vodák, ale bylo to dobrý, popili jsme, pokecali, znáš to. Co vůbec děláš? Sme se neviděli celou věčnost…" Pokračování hovoru už Ota nevnímal, znovu ho pohltily chmurné představy. Za pár minut začal vlak brzdit ve Veselí. Dveře kupé se otevřely a oba hlasy v družném hovoru zmizely v chodbičce.

Tonda se na peróně rozloučil se spolužákem ze střední, rychle si to namířil k přípoji na Třeboň a České Velenice a zatímco nádražní rozhlas ochraptěle mlel o odjezdech, myšlenky se mu vracely od setkání po letech zpátky k Lužnici a partě.

Vyhoupl se na první schod vagónu a strnul.

„Doprdele!" zaklel, seskočil a vyrazil sprintem zpátky k vlaku, který ho přivezl.

Ota vyhlédl zpod kabátu. S povděkem zaznamenal, že je tu sám a vstal, aby zavřel dveře. V tu chvíli sebou vlak cuknul a rozjel se směr Budějovice. Ota se otočil a jeho zrak padl na černý futrál na mřížce pro zavazadla.

Tonda vyběhl zpoza vlaku na Velenice a uviděl první kolej prázdnou. Vlevo od něj se zrychlujícím tempem vzdaloval poslední vagón rychlíku 651 Jan Žižka směr České Budějovice. Tondu polilo horko. Ta kytara nebyla jeho. Nádražní rozhlas ohlásil odjezd vlaku na Třeboň, ale on ho ignoroval. Zíral za vzdalujícím se vlakem a horečně přemýšlel.

Pak se dal do sprintu směrem k hale.

Otovi bylo jasné, že jsou tu sami. On a kytara. On a řešení jeho nejpalčivějšího problému.

Řešení nohou zalitých do betonu, useknutého malíčku nebo pořádné nakládačky. *Nebo waterboardingu*, připomněl si.

Znal v Budějicích aspoň tři zastavárny, které ji obratem vezmou a dají mu za ní aspoň dva litry. Přesně ty dva litry, co ho dělí od další splátky dluhu. Přesně ty dva litry, co ho dělí od zítřejšího průseru.

Ota se usmál a sáhl po futrálu, aby si nečekanou kořist a záchranu mohl prohlédnout a laicky zhodnotit její cenu.

Zaměstnankyně Českých drah Radana Mášková měla zase blbej den. Manžel byl zase někde na tahu a včera nepřišel domů, syn přinesl ze školy včera kouli z matiky a hned ráno se pohádala s cestujícím, kterému musela sdělit, že pro další kolo už není ve vlaku volná rezervace a že pojede buď bez kola, nebo až za dvě hodiny.

Teď půl hodiny nic nepojede, může si dát kafíčko. Zaklapla okénko, odhlásila se z pokladny a zamířila za Maruš do kiosku.

Tonda přilétl z perónu do haly a stanul před zavřenou pokladnou. Zaklepal, ale nic se vevnitř nepohnulo. Zaklepal naléhavěji. Zase nic. Zabušil do dřevotřískové překážky pěstí. Nic. *A vůbec, je to vlakáč. Třeba tu ani řády autobusů nemají*, prolétlo mu hlavou a rozběhl se halou k východu. V ďolíku před ním byly autobusové zastávky. Seběhl k nim a u každé se zastavil, přelétl pohledem destinace a zastavil se až u zastávky směr České Budějovice.

Před pěti minutama odjel a další jede za třičtvrtě hodiny.

„Doprdele," vyšlo z něj znovu.

Tágo. Musím to stihnout. A dřív, než ten vlak.

Jeli pro ni prej až do Krnova a na cestě strávili celej den. Pak půldruhý hodiny vybírali přímo v továrně tu nejlepší z pětadvaceti zbrusu novejch kytar. Jeden brnknul, druhej brnknul. Horší pověsili zpátky a jeli dál.

Nakonec jí vybrali. Tu nejlepší. Vlastně dvě, parťák si vzal tu, která skončila jako druhá. Černou. A hráli. Furt. Svojšice, Zahrada, Třeboň, Muzika, Telč, Kvítek, Pražec. Všude a do rána. Osm let v kuse.

Po jednom ohni na uvítání jara ji v noci označkoval boxer. V noci byla zima a do rána praskla přední deska.

Hráli pořád. Sklížení desek tam, kde se opírala jeho divoká pravačka, začalo po několika nechtěných ranách odpadávat. Pára ho přilepil zpátky izolepou. Kytara měla pořád zvuk jako nová.

Dva roky zpátky z ní Danny vylil šest litrů Lužnice. Byla dvě minuty pod vodou a ty igelitový pytle byly zavázaný na posledních třech centimetrech bavlněnou šňůrou. Jak dlouho asi v kánoi zaklíněné pod kmenem napříč Starou řekou mohlo utěsnění vydržet?

Večer už na ni Pára hrál. Zněla, jako by se nic nestalo.

Pára to rád vyprávěl. Miloval jí. Prošla s ním všechno, co pro něj bylo nejdůležitější. Sbalil na ní nejkrásnější holky, zastavovala mu auta, když stopoval. A celou tu dobu na ní hodinu denně dřel. Tonda ji prostě nemohl jen tak zapomenout ve vlaku. Kus Páry by umřel. Už by to nebyl on.

To tágo. Hospoda! Tam budou mít číslo!

Tonda spěšně vyrazil zpátky k nádražce.

„Taxíka? Jo, něco tu mám.“ Výčepní zmizela za závěsem. „Tady to je.“ Začala mu diktovat číslo. „Promiňte, mohl bych si půjčit váš mobil? Já vám to zaplatím. Můj je mrtvej,“ ukázal vybitou placičku Tonda. „Tak jo, ale je to za bůra za minutu, mám drahýho operátora,“ podala mu výčepní svůj růžový mobil.

„Brý den, Antonín Velner. Jsem na nádraží ve Veselí, jak rychle mě můžete dostat do Budějc?“

Venca Vokál ucítil dobré rito. Ten člověk to potřebuje.

„V tuhle hodinu už nepracuju, ale jestli je to nutný... Za půl hodiny," odhadl, „a za dva tisíce." *Nepřešponoval to trochu? No co. Kdyžtak si řekne.*

„Beru. Čekám před vlakovým nádražím," ozval se Tonda. *Žhav to*, pomyslel si a zavěsil.

Venca to žhavil. V tomhle ospalým městě vydělával podobnou sumu někdy i půl týdne.

Na nádraží byl za pět minut a než se Tonda stihl připoutat, pneumatiky zakvílely a auto vyrazilo dopředu. Směrem na Prahu.

„Než bysme se šedesátkou vymotali z města," všimnul si Václav, že se na něj Tonda udiveně podíval, „budeme už o dvacet kiláků dál," a odbočil zkratkou na obchvat. Za čtvrt hodiny se mihli kolem značky České Budějovice. Dalších dvacet minut jeli přes město k nádraží. Tonda položil na palubní desku dvoulitr a připravil se k výsadku.

Vběhl do haly a zarazil se před tabulí s příjezdy. *Do...* Vlak přijel před deseti minutami.

Zamířil na třetí nástupiště.

Kolem vagónů se právě motala úklidová četa. V oranžových vestách cídila stolky, vytírala podlahu a uklízela hajzlíky.

Našel třetí vagon odzadu a příslušné kupé a oknem se snažil zahlédnout, jestli tam kytara ještě neleží. Jedna uklizečka nejasného věku právě vystoupila a šla si pro další chemikálie.

„Prosímvás," doběhl jí, „nenašli jste tady kytaru v černém futrálu?" „Zeptejte se u šéfový, já vo ničem nevím," pokrčila rameny a mávla směrem k mašině.

Našel ji v prvním vagónu. „Dobrý den, vy jste vedoucí?" Kývla. „Nenašli jste ve vlaku zapomenutou kytaru?" „Jedna bunda, jedna igelitka, žádná kytara," vypočítala paní a celkem soucitně se na něj podívala. „Nejdřív vagóny procházíme a až potom mejem. Vy jste jí tam zapomněl?" „Hmm...," přikývl zdrcený Tonda. *To se nemělo stát. To je průser. Totální. Kdybych se tak nezakecal... Někdo tam v rohu spal. To musel vzít von.*

Naposled se ohlédl směrem k osudnému vagónu a pomalu se coural do nádražní haly.

Nevěděl, co bude dělat. Ale tušil, že už asi nemůže dělat nic pro to, aby ji dostal zpátky.

Vůbec neměl morál na to, hned se zas otočit a jet za partou do Suchdola. Za Párou. Vůbec netušil, co mu řekne. Musel si to rozmyslet.

Vyšel z nádraží a zamířil Lannovkou k náměstí. Napravo svítila večerka. Zamířil k ní. Vytáhl z regálu půllitrovku bílého KeyRumu a odnesl jí k pultu. Napadlo ho, že nemá vodu, a tak přihodil petku Magnesie. Zaplatil, strčil rum do kapsy a zamířil k parku u náměstí.

„Kde ten jouda je?" koukl se Pára asi podvacáté na hodinky a znovu zkusil vytočit jeho číslo. Automat. „Buď to má vypnutý někde hluboko v báglu, nebo mu došla šťáva," odtušil. *Sakra, a to jsem se těšil, jak si večer zařvem. Že já si k němu tu kytaru dával.*

Schůzka s klientem mu vyšla zrovna na pátek, a jako na potvoru byl až z Jindřichova Hradce. Nemohl za ním přijet v maskáčích, s loďákem a kytarou, ale vracet se do Prahy a pak zase zpátky do Jižních Čech mu přišlo hloupé. A tak zabalil věci o den dřív a věci mu do Suchdola slíbili přitáhnout kamarádi. Kdo by si rád nezjednodušil život. Ještě ve čtvrtek jim byl vděčný za jejich nabídku.

Teď už si nebyl jistý, že to bylo to nejlepší rozhodnutí. Fakt mu tady ta kytara scházela.

Děsně se těšil, jak si zas večer zabékají. Třeba Vzpomínku... „Pomalu, jak kolem padá sníh, boty noří se mi v závějích," zanotoval si Pára pro sebe, ale nahlas. „...tam, kde ještě včera byla tráva," přidala se druhým hlasem Markéta, která seděla vedle něj. Byl to jejich song.

Nikdy spolu nechodili a ani to neměli v plánu, ale když začali „Vzpomínku", jejich hlasy se milovaly a prolínaly, že lidi kolem skoro automaticky tichli a na konci byli v pokušení tleskat.

Ale tohle byla jeho parta. Ti věděli, že tleskat se u Páry nesluší a tenhle song dávno znali zpaměti. Jeden po druhém se přidávali a když píseň končila, už si na kytaru skoro ani nevzpomněli. *To je ono,* řekl si Pára, *musíme to zmáknout bez kytary. Až přijede, tak přijede. Co by to bylo za vodáckej večer, úplně bez písniček?*

„Bylo to moc vysoko, už jsem se tam škrtila," podotkla Markéta. „Hm. Sorry. To je těžký. Když já vím, od čeho a na kterým to hraju, ale zas nemám tu kytaru a podle ucha to nedám," omlouval se Pára. „Mám ladičku na mobilu, jestli ti to pomůže," ozval se Danny.

„Můžem to zkusit," opáčil Pára. „Pro začátek zkus E," dodal. Danny chvíli přejížděl prstem po placičce a pak zahrál odporně elektronické, ale zato přesné E. „Jo, to bude ono," zkusil tón Pára a spustil: „Těch strašnejch vlaků, co se ženou kolejí tvejch snů..."

Když se Tonda schlíplý dovlekl do parku, znovu vyndal z kapsy třtinový rum. Třetina ho zařvala už cestou. Ztěžka dosedl na lavičku a hlavou mu dál táhly černé myšlenky. Měl pocit, že tohle mu Pára nikdy neodpustí. I kdyby mu koupil novou kytaru, tak to nenapraví. Měl jich doma pět. Ale miloval jen tuhle. Tonda si znovu lokl.

O hodinu později byla lahev prázdná a Tonda přemýšlel, zda znovu podniknout skoro kilometrovou cestu do večerky u nádraží a zpátky a koupit ještě jednu. Chtěl vstát z lavičky, ale zatočila se mu hlava a ztěžka dosedl zpátky. Došlo mu, že výletu asi není schopen.

Park byl malinký, vlastně jen pruh trávy mezi potokem a rušnou silnicí se stromy a keři. Ale Tondovi se už nikam dál chodit nechtělo. Prošel park po celé délce a vrátil se k místu, které vypadalo nejvíc schované před zraky kolemjdoucích a kam světlo lamp dopadalo nejméně. Stejně už tudy půl hodiny nikdo nešel.

Než zalezl do spacáku, dostal žízeň. Uvolnil petku s vodou, kterou měl na batohu a napil se. Na chodníku někde na druhém konci parku zaklapaly kroky. Ohlédl se, ale v tu chvíli ztratil optickou kontrolu nad flaškou a narušená koordinace pohybů způsobila, že se flaška naklonila a voda z ní začala vytékat na spacák. Ucítil dopadající vodu, prudce se otočil a přitom flašku zmáčkl. Byl to fofr. Jediným pohybem si na spacák vychrstl třetinu flašky. Zanadával. Ještě tohle. Zkusil mokrou část vyždímat, ale docílil jen rovnoměrného provlhčení nejspodnější části spacáku. Našel v batohu ty nejtlustší fusekle, s funěním zalezl do spacáku a za chvilku spal jako zabitý.

O hodinu později ho probudila zima. Na přelomu dubna a května nebývají noční teploty zrovna nejvyšší a od mokrého spacáku mu navlhly i tlusté ponožky. Čtvrt hodiny s rozehříval nohy třením, než zaznamenal aspoň částečný úspěch. Rozhodl se udělat radikální řez. Vysoukal se ze spacáku a otevřel bágl, který měl pod hlavou. Vytahal z něj všechny mikiny i bundu, a igelitku s jídlem vysypal beze skladu zpátky do báglu. Pak našel suché ponožky, sundal mokré, a když konečně rozehřál chodidla, mikiny nacpal do igelitky, mezi ně strčil nohy a s nohama v igelitce jako v nějakém květináči zalezl do spacáku. Za čtvrt hodiny už zase chrupal.

Tonda seděl v prázdném kupé. Nevěděl, kde se tam vzal. Jenom strašlivě jistě věděl, že o něco přišel. Něco někde nechal. Něco strašně důležitého. Něco tak důležitého, že už nic důležitějšího být nemohlo. Ve vlaku. Nechal to ve vlaku. Ještě před chvílí to měl a už to nikdy mít nebude. Proč jen sakra přestupoval, když věděl, že všechno zapomíná? Měl tam zůstat. Radši tam navěky zůstat, než zapomenout zrovna tohle.

Zavrtal se víc do rohu a přetáhl přes sebe hnědý kabát visící v rohu. Nebyl jeho. Nevěděl, čí je, ale už mu to bylo jedno. Chtěl někam, kde je tma. Nevidět svět. Soustředit se. Musí si vzpomenout. Tonda vařil mozek. Jsem ve vlaku. Ve vlaku každej musí mít... Musí mít... Lístek. To není ono. Má lístek? Tonda začal prohrabávat kapsy, podíval se do peněženky a znovu si prohrabal kapsy. Lístek nemá. Ale cítil, že o lístek nejde. Něco tam nechal, něco velkýho, nenahraditelnýho. Proč si to nepamatuje? To tam snad nechal vzpomínky?

Vzpomínky. Má jen tuhle jednu – že tam něco nechal. Musely to bejt ony. Nechal tam vzpomínky! Teď je Nikdo. Už nemá žádnou. Neví, odkud jede. Neví, kam jede. Ale je to jistý. Už to není on. To vzpomínky byly ON. Jede bez vzpomínek. A bez lístku...

Dveře kupé se sotva slyšitelně otevřely. Tonda se pod kabátem ani nehnul a dělal, že spí. „... předložte občanský průkaz. Proč spíte tady, na místě přístupném veřejnosti?" Cože? Jak ten průvodčí poznal, že nemám lístek? A odkdy se v kupé nesmí spát? „HALÓ!" průvodčí mu bezohledně přes kabát zatřásl ramenem. Najednou se všechno zatmělo. Kupé, průvodčí, kabát...

Tonda mžoural ve světle baterky na čtyři nohy v policejních čerňácích a vysokých botách před sebou a v hlavě měl ještě spánkové prázdno. Mechanicky sáhl do horní kapsy báglu a podal jim doklady. „Praha," ušklíbl se na druhého policajta. „Proč tu spíte?" „Já jsem tu byl večer a..." včas se zarazil. *Jak se to říká slušně?* „...pak už jsem neměl sílu odejít." „Hm. Doufám, že jste si odpočinul a už jí máte. Bude to za dvě stovky a můžete bejt rád."

Tonda neochotně sáhl pro šrajtofli. Peníze na vodu byly skoro pryč. Poslední litr. Jeden z policajtů vypsal bloček a vyměnil ho za tisícovku. „Za deset minut tudy půjdeme zpátky," poznamenal, „tak ať už vás tady nevidíme." Tonda v odpověď zabručel, rozepnul spacák a začal se balit. Kroky těžkých bot proševelily trávou, klaply o asfalt a zmizely do neslyšna.

Toník zůstal jen se šustěním baleného spacáku, světlem lamp v parku a zvukem osamělých aut, které občas prosvištěly zatáčkou na druhé straně křoví.

Když Ota Klener vyprostil ve vlaku kytaru z futrálu, jeho naděje schlíply, jako když duši od kola prořízne střep. *Za tohle mi nikdo dva litry nedá...*

Přední desku dělily skoro až do třetiny čtyři táhlé otevřené praskliny, s luby ji v délce asi půl metru spojovala jen izolepa a vůbec nástroj vypadal, že ho drží pohromadě hlavně vůle kytaristy. Ota zklamaně dosedl na sedačku a položil si kytaru na klín. Jak zíral na její rány a šrámy, na něco si vzpomněl.

Byla odřenější. Byla mnohem menší. Obyčejná špaňela se starými strunami, které nikdy nikdo nevyměnil. Ale na tom vůbec nezáleželo. Pro něj byla výjimečná.

Tenkrát ji vyhandloval za dveře od škodovky, které kvůli tomu čmajznul v noci na šroťáku. Bylo mu patnáct.

„Mikulášovi", jak ho s klukama tajně přezdívali pro jeho hustý a dlouhý bílý plnovous, visela na stěně a prášilo se na ní. Pálil tenkrát za Maruškou a Mikuláš mu slíbil, že když mu dotyčné náhradní díly přinese, naučí ho ke kytaře i pár akordů. Každej den pak seděl doma a dřel prsty až do krve, aby se mohl před Maruškou vytáhnout mistrovsky provedeným C, D a G. Nevytáhnul. Marušku měsíc nato sbalil Martin z Dolní čtvrti. Zbyla mu jen stará kytara.

Párkrát ji vzal k rybníku a vytáhl své G-C-D, ale klukům to stačilo. Pak se k nim připojilo i pár holek a když zjistil, že s kytarou je středem pozornosti, nadřel ještě Amoll, Emoll a ošizený F. S tím už se dala nadělat spousta muziky! Půl roku nato z něj po večeru s kytarou Bětka udělala velkýho kluka. Pak přišla Bára a to už se holek vůbec nebál. A přišly další... Stačilo je vytáhnout k rybníku a něco brnknout.

Když mu při stěhování v třiasedmdesátém spadla špatně upevněná špaňela z přívěsného vozíku přímo pod kola za ním jedoucího

vozu, šel se večer do hospody U Boučků ožrat a vrátil se až třetí den,
i když na ní předtím posledních několik let nesáhl. Přestože už ne-
balil holky, prostě si tak nějak zvykl, že tam celou tu dobu visela na
zdi jako předtím Mikulášovi a připomínala mu nejlepší léta jeho ži-
vota. Jeho družka z nejlepších let už nebyla. Časem si zvykl. A téměř
zapomněl. Až do chvíle, kdy uviděl tuhle její duchovní následnici.

Tonda zamířil ke sportovní hale. Pamatoval si, že kolem ní byl
velký park.

Sedl si v něm na lavičku, ale už se neodvážil vybalit znovu
ležení. Za chvíli už spal vsedě, ale probudila ho zima a když
se otočil pro bágl, aby se oblékl, neslyšně mu v nich luplo.
Tvrdé opěradlo lavičky, strnulá poloha a prudký pohyb vyko-
naly své a Tonda zjistil, že když chce otočit hlavou na druhou
stranu, je od pasu nahoru tuhý jako socha. Aby vyndal teplé
věci, musel si k batohu stoupnout.

Navlékl na sebe tři vrstvy a opatrně se posadil zpátky. Za
chvíli už zase dřímal. Nad parkem začínalo svítat.

Ota Klener shrnul na stole na jednu hromádku zohýbané čer-
nobílé fotky, kterýma se včera večer v nostalgickém záchvatu
probíral, aby měl kam postavit kafe a talíř s párky. Zadíval se
do rohu na černý futrál.

Včera se cestou z nádraží stavil v non-stop zastavárně a od-
hadnutá pětistovka byla potvrzením jeho prvotního zklamá-
ní. Věděl, že tolik může dostat kdekoli. Znovu se podíval na
hromádku fotek před sebou a přisunul si fotku, na které pó-
zovala parta mladých výrostků u rybníka kolem staré španěly. Na fotce bylo jaro a Ota se chvíli marně snažil vybavit si tu
vůni kvetoucího pošumaví. Cítil jenom párky a kafe.

A waterboarding si představit dokážeš? zradilo ho podvědomí.
Projela jím vlna hnusu a oklepal se.

Ne.

Nepůjdu tam.

Pohled mu znovu padnul na fotku z propasti času. *Mám práci,* omluvil se sám sobě za zbabělost.

Věděl, že si to bude věřit.

Není přece zbabělý.

Prostě má práci.

„Von ještě nepřijel?" kroutil hlavou Pára, když se vrátil skoro po hodině z krámu v Suchdole se snídaní a viděl, že k partě nikdo nepřibyl. *To už není normální. Něco se mu muselo stát.* Vytočil znovu Tondovo číslo. „...opakujte prosím volání později," instruoval ho anonymní hlas ze sluchátka. Sakra. Co teď? Co když nedorazí? Bez háčka i bez kytary, to by byla blbá voda...

Přes řeku k němu dolehl zvuk vlaku od Veselí, ale on už to nevnímal. Těch vlaků už od včerejška bylo, kterýma nikdo nepřijel.

Strčil mobilní placičku do kapsy a šel si zabalit věci.

Tonda se blížil od nádraží ke kempu a bylo mu čím dál tím mizerněji. Na tohle se žádná omluva vymyslet nedala. Vůbec nešlo o to, že bude Pára řvát. Kdyby se to tím spravilo, nechal by ho na sebe řvát třeba hodinu a ať je to slyšet až ve Veselí. Nejhorší bylo, že Tonda tušil, jak se bude Pára cítit. Tu kytaru fakt miloval a byl tak pyšný na všechno, co s ním prožila, že odmítal praskliny po koupání v Lužnici i boxerově značkování nechat spravit. „Ta už to se mnou doklepe," mávnul vždycky nad otázkou rukou. „Na ženský jsou taky nejhezčí vrásky od smíchu."

Tonda se blížil ke kiosku a měl pocit, jako by se jeho kroky zkracovaly a každý další byl kratší, než ten před ním. Už na dálku rozeznával Markétu, Dannyho a Boba.

Už si ho všimli. Viděl, jak skupinkou proběhla vzrušená informační vlna a Markéta ukázala jeho směrem. Objevil se Pára a šel mu naproti.

Pára byl zrovna po pás ponořený ve velkém loďáku a snažil se slisovat věci na dně a využít každou mezírku, aby se do pytle vešlo všechno i s jídlem a botama. „Už je tady!" zvolala Markéta a ukázala směrem ke vjezdu. Pára se vynořil z pytle a zamířil mu naproti. Hned si všiml, že nemá kytaru. Polilo ho horko a zrychlil.

Potkali se na půli cesty. Těch kruhů pod očima si Pára nemohl nevšimnout, ale jediné, co ho v tuhle chvíli zajímalo, byl jeho unikátní nástroj. „Kde máš kytaru?" vystřelil na něj. „Páro, já to posral." Tonda sklopil oči. „Já jí dal nad sebe v kupé a když jsem odcházel, tak jsem si jí nevšim…" zatajil radši známého. „Tak jsem se snažil taxíkem dohnat vlak, ale mezitím jí někdo ukrad…"

Pára nevěřil svým uším. Chtěl začít řvát, ale když viděl Tondu, vzdal to. Tonda byl hromádka neštěstí. Stejně tím nic nespraví. A měl ho rád. Ale někdo za to mohl. On. Pára. Kdyby tušil, jak to dopadne… Mohl si vzít věci s sebou. Mohl je nechat v úschovně na nádraží a pak se převlíct. Mohl je nechat v nejbližší hospodě a převlíct se na záchodcích. Mohl… Ježišmarjá, mohl cokoli. Kdyby věděl, že se připraví o svou životní kytaru, mohl se na klienta vykašlat. Nebo to vyřídit až po vodě. Je debil. *Panebože, já jsem debil!!!* zařval na sebe zuřivě v hučícím úlu své hlavy, že všechno ostatní úlekem ztichlo. *DEBIL!!!*

Nevěděl, co říct. Ale rozhodně mu teď nezáleželo na tom, aby to Tondovi usnadnil. Mlčky se obrátil a zamířil ke kiosku. Tonda se pomalu šoural za ním, kráčející a rozmetaná hromádka neštěstí.

„Tři rumy," zavelel, ale znělo to spíš jako poslední přání odsouzence, než velitelský pokyn kapitána. *Kytara. Já přišel o svoji kytaru.* Tři rumy do něj spadly v rychlém sledu, ale necítil se o nic líp. Poručil si čtvrtého, deset minut u něj seděl a za tu chvilku vytáhl dvě cigára.

Pak si uvědomil, že se mu hnusí, štítivě típl vajgl, dopil a šel dobalit loďák. Musí něco dělat. Jinak ho odsud poveze záchytka. Rumu tu mají spousty.

Nemluvil, jen soustředěně ládoval věci do pytle a přemýšlel. *Je pryč. Už je pryč a nikdy jí nedostanu zpátky...*

,Nic netrvá věčně,' vynořilo se odněkud z hloubky minulosti moudro z jakési knihy zenových moudrostí, ,přijmi, co přichází a nezadržuj to, co odchází a tvoje mysl nikdy nebude spoutána.' Hm. Sakra. Aspoň se o to musím pokusit. Aspoň teď na vodě. Nechci to přece všem zkazit.

Pára zalisoval igelitku s botaskami do posledního volného místa v loďáku a zaroloval uzávěr. Už převlečený Tonda seděl deprimovaně na betonové skruži a studoval strukturu podrážky neoprenových bot. „Tak pojď," prošel kolem něj Pára, „hodíme to na vodu."

Ota Klener vystoupil z vlaku v Suchdole nad Lužnicí a vůbec si nevšiml zkroušeného Tondy, vystupujícího z druhého konce vlaku. Nikdy neviděl jeho tvář, znal ho jen po hlasu. Byl v Suchdole poprvé, a tak se vydal stejným směrem, jako většina vystoupivších – směrem do centra. Na svůj omyl přišel zhruba ve chvíli, kdy do Páry padal třetí panák. Když se konečně doptal a vcházel do kempu, vypadal prázdně a opuštěně. Poprvé ho napadlo, že možná celou tuhle pro něj poměrně nákladnou anabázi podstoupil úplně zbytečně. Nadhodil si kytaru na rameni a prošel branou.

V tu chvíli se napravo mezi břízkami vynořil nějaký chlápek a táhl na zádech lodní pytel směrem k řece. Ota se dal do běhu. Možná je to poslední člověk, který v tomhle kempu zůstal.

Když doběhl na dohled od lodě, maník právě připevňoval lodní pytle do kanoe. Vedle přídě ho sledoval druhý a opíral se o pádlo. Uslyšeli jeho kvapné kroky a vzhlédli.

„Co to... kde..." Pára vytřeštěně zíral na známý rozdrbaný černý futrál na zádech maníka, který ještě prudce dýchal po dávno neprovozované aktivitě. „Vy jste jí našel???" Pára nevěřil svým očím. Už se málem vnitřně rozloučil. „To je vaše?" řekl udýchaně týpek. „Našel jsem jí ve vlaku." Už skoro přesvědčil sám sebe, že ji vlastně od začátku chtěl vrátit. „Taky jsem kdysi takovou měl," sundal kytaru z ramene a podal ji Párovi. „Tady váš kamarád zmínil, že jede do Suchdola. Tak jsem vám ji přivezl." Párova prvotní reakce ho přesvědčila, že majitele nemusí podrobovat zkoušce popisem nástroje.

Pára položil kytaru skoro něžně do lodi a odvázal malý loďáček od šprajcu. Chvíli v něm lovil a pak vytáhl šrajtofli. „Zůstal bych tu s vámi na panáka," omlouval se přitom, „ale parta nám už odjela, takže..." vytáhl z tajné kapsičky záložní dvoulitr, „kdybyste to vzal jako poděkování, byl bych moc vděčný...", pak se zarazil a vyndal ještě vizitku, „...a kdybyste někdy něco potřeboval, ozvěte se. Kdykoli!" natáhl k němu ruku.

Ota si obojí vzal a zaplavil ho úžasný pocit. Ne z toho, co držel v ruce. To ty kytaristovy oči. Hrály energií, nadšením a byl si jistý, že mu právě udělal ty nejlepší vánoce. Divně ho to hřálo, takový pocit už neměl spoustu let. Byl natolik zahlcený vlastním nitrem, že jen jako divák pozoroval, jak oba vodáci nasedají do lodi, znovu oba děkují a pak strkají loď do proudu.

Najednou stál na břehu sám a loď mizela v první zatáčce. Pohled mu sjel na vlastní ruku. Držel v ní dva litry. Přesně ty dva litry, co ho dělí od další splátky, dva litry znamenající rozdíl mezi koupí času a waterboardingem.

Pak se jen tak ze zvědavosti podíval na vizitku. *Pavel Varský*, stálo na ní, *finanční a dluhový poradce*. A mail a telefon. Ota si to přečetl ještě jednou. A najednou mu bylo úplně jasné, kam v pondělí zavolá.

Jiří Nosek – Pígo

154

Evrgrín Kid

Nikdo se tak nevyznal na vodě jako on. Nikdo neprojel šlajsnou s takovým klidem a jistotou. Nikdo neuměl tak vařit, mlátit sekerou, zastat se kamaráda, pronést vtip, rozdělat oheň ve slejváku.

Večer vždycky vytáhl z kajaku banjo (spousta nás žila v podezření, že tam kromě toho banja a pánve na smažení nemá už vůbec nic) a posadil se bokem k ohni. Jeho písničky nikdo z nás neznal – pravděpodobně pamatovaly ještě Zvíkov bez přehrady a živé skauty. Zpíval o starých osadách, o krásných dívkách za řekou a o městě Čerokí, kde vládne bůh a kauboj, hodilo se to k praskání větviček v ohni, k vůni vody, dříví a lakovaných lodí. A my si při tom představovali, že tady ty písničky zněly už strašlivě dávno, když jsme třeba ještě ani nebyli na světě, že tady zrovna jako teď my někdo ležel, šutr pod hlavou, koukal do oharků a že ráno vyplul na vodu zrovna tak, jako zítra vyplujeme my. Tohle nemohlo nikdy zestárnout a zpěvák těch velebných dojáků taky ne. A tak jsme mu říkali Evrgrín. Evrgrín Kid.

„Po kolikátý ty už vlastně děláš Vltavu?" ptal se ho jednou Vašek.

„To nevím," řekl Kid. Zapaloval si větvičkou cigaretu. „Já tady ještě pamatuju mamuty. Jeden z nich se jim schoval ve Frymburku za kostelem. To vám byla sranda…"

Ke všemu jezdil zásadně sám, sám tábořil, jen večer se občas přiflákal k sousedům na kus řeči.

Majka, která s sebou pokaždé tahá na vodu sedm kilo knížek, o něm prohlásila, že je „jako záře, o které nevíme, odkud vychází." Což samozřejmě neměla říkat, neboť se tím vydala v posměch tupého davu. I když se proti tomu nedalo nic namítat.

Já alespoň jsem byl přesvědčenej, že kdyby měli vodáci založit nějakou církev, stal by se jejím jediným a nejvyšším prorokem Evrgrín Kid. Na soutoku Vltavy a Lužnice by čněl jeho pomník, stál by rozkročen v modrém kajaku, v jedné ruce by měl banjo, ve druhé pánev, ve třetí pádlo, ve čtvrté – něco by se už našlo, zkrátka byl by to ten nejohromnější pomník v Československu a Kid by si ho zasloužil.

Ten poslední večer, nebylo to už daleko od Prahy, dorazil Evrgrín k našemu tábořišti dost pozdě. Chtěl dál, ale kluci na něho mávali a tak přistál kousek pod námi.

U nás se mezitím vařil čaj. Vedli jsme obvyklé rozhovory, nadávali na háčky, že místo přikopávání odtahují, kdo se kde udělal a kdo to zavinil. Pak k nám přišlo těch pět kluků.

Tábořili někde blízko, celý večer jsme je slyšeli hulákat, k nám přišli už dost pod párou. „Hele, vole," povídá jeden, „ženský!" Podíval se po Dagmaře přesně tím stylem, za jaký se v každé lepší společnosti dává okamžitě přes hubu. Ostatní se hrnuli k ohni a jeden si zouval masivní půllitráky, asi že si je bude u nás sušit, nebo co.

„Když už seš tady, tak aspoň pozdrav, halaburdo," řekl Vašek zhnuseně.

„A ty sejry nám tu taky nemusíš vystavovat."

„Slyšels ho?" pronesl jeden z nich pomalu a lámavě, že mě napadlo, jestli to nemá od narození, nebo to dělá kvůli efektu, nebo jestli se tak nacamral. „Hele, já ho vosolím. Šerife, mám ho vosolit?"

Podíval jsem se na Evrgrína. Vrtal se v lodi, pět pistolníků mu ani nestálo za to, aby zvedl hlavu. Ale nedalo se čekat, že kluci jen tak zmizí. Kdyby tu aspoň nebyly holky! Normální kluk vždycky dělá před děvčaty haura, mně se to poslední dny docela dařilo. Cítil jsem, že těch pět gaunerů mi to dokáže v pár minutách všechno pokazit. Když nepočítám holky a Evrgrína, byli jsme na ně tři a v případné skrumáži to pro nás vyhlíželo dost bledě. Šerif se posadil k Dagmaře a zadumaně na ni civěl. Dagmar si odsedla a vztekle obrátila hlavu. Jak tou hlavou hodila, zafrčely šerifovi její dlouhé vlasy kolem obličeje, až zamrkal.

Připadal jsem si čím dál tím pitoměji.

„Krásný vlasy," podotkl šerif a zase si k Dagmaře přisedl. „První cenová skupina. S horskou přirážkou. Dú jú andrstend?" Hrábl jí do těch vlasů.

V tom mu Dagmar vlepila úžasnou facku. Šerif jen zamrkal a zůstal na ni koukat.

„Co děláš, krávo?" zařval ten, co si sušil boty a hnal se v ponožkách k Dagmaře.

Vyskočil jsem, ale předběhl mě Vašek a praštil kluka do brady. Nějak mu to sjelo, kluk ho úplně zavalil, Majka začala křičet, já se pověsil na toho v ponožkách a už to probíhalo. V tom fofru, hekání a ranách, kdy mi sláva, bolest a opojení z rvačky stoupaly do hlavy, jsem nevnímal nic, než funící těla, kam bylo nutno umístit co největší pecku. Jednoho z nich se mi podařilo hodit do vody, ale to nepokládám za zvláštní zásluhu, protože to byl zrovna ten nejnalitější, stál opodál rozkročen, aby se nezřítil a vyrážel nesrozumitelná válečná slova. Začala mi téct krev z nosu. Viděl jsem, jak šerif drží Dagmar zezadu kolem pasu a jak se na něj Majka řítí se zvednutým pádlem. To mě zrovna někdo složil a já zavřel oči, protože jsem věděl, že jestli Majka šerifa tím pádlem opravdu vezme, tak ho zabije.

„Co blbnete?" zařval pak Evrgrín. Ještě jsem zahlíd, jak se mezi námi mihl, ale víc jsem neviděl, protože ten, co mě složil, na mne padnul, skutáleli jsme se ke stanu, podrazili pádlo a stan se zřítil na nás. Chvíli jsme se tam dusili a motali, když mě někdo vytáhl za nohy ven. Evrgrín. Poznal mě, zarazil se a hrábl pod stan ještě jednou. Ten druhý lezl právě na světlo. Kid ho chytil za klopy a předvedl mi překrásnou ránu, při které kluk přeletěl přes zbouraný stan.

Tři další se zrovna zvedali ze země. Z našich stáli na nohou všichni, jen Petr se držel pod břichem a trochu se kroutil.

„Ležet," zařval Kid jako při psí drezúře a ti tři skutečně zas lehli. Museli s ním za těch pár vteřin zažít otřesné události. Chytil toho zkoupaného, zatřásl s ním, až z něj kapky lítaly a přiložil ho k ostatním.

To tedy bylo ono. To byl přece „chlap". Kolem něho leželi desperádové a on nebyl ani rozcuchaný.

„Tak pojď," vykřikl najednou šerif. Pomalu vstával a před očima držel dýku hrotem vzhůru. Holky znovu vyjekly. Šerif byl rudý ve tváři, připomínal gorilího samce, kterému v líté bitvě spadne kokos na hlavu a on se otřesen sbírá ještě vzteklejší. Bylo na něm vidět, že se nezná.

Kid se sklonil a hmátl tomu zmoklému k pasu. Když se zase narovnal, držel taky nůž a zkoumavě si šerifa prohlížel.

Nezmohl jsem se na nic než polknout a ještě polknout. Jít Kidovi na pomoc mi připadalo jako zbytečná sebevražda.

Ale to ještě nebylo všechno! Evrgrín vzal nůž za ostří, povídá šerifovi „ty mamlase" a elegantně zabodl nůž do země, až to zadrnčelo.

„Páni," zakvílel Petr.

„Vole, Šetrhend, vole," zablábolil jeden z party.

Šerif zaútočil.

Mlasklo to, jak se srazili, kolem mne se mihly nějaké nohy, řachnutí a šerif se hemžil na zemi za Evrgrínem. Dýka odletěla do trávy.

Teď se ale Evrgrín proměnil. Už to nebyl kliďas. Sehnul se pro šerifa a začal ho mydlit. Držel ho za blůzu a dával mu jednu ránu za druhou, všechny na obličej. Mně osobně by stačila jedna taková na otřes mozku.

Šerifova parta už stála kolem, ale mlčeli. Začal se mi zvedat žaludek.

„Tak už ho nech, Kide," zaprosila Majka. Byla bledá a jektala zuby, ačkoliv se při tom běhání s pádlem musela dost zahřát.

Evrgrín šerifa pustil a ten se schrastil na zem. V obličeji měl krev a zastřeně vzlykal.

„Zvedněte vašeho podělanýho šerifa a polejte vodou," otočil se Kid vztekle na kluky.

„Slyšels?" říkám tomu zkoupanýmu, „vem si ešus a polej vašeho podělanýho šerifa vodou!" Kluk poslušně odklusal a už se nevrátil.

„Já jdu pryč," řekla Majka, „mně je zle…"

„No jo," přidala se Dagmar, „Kide, prosím tě!"

„Tak běžte," otočil se Kid prudce na děvčata. „A vy taky," dodal unaveně a tiše. Kovbojové něco hučeli a odtáhli šerifa s sebou. Najednou mě napadlo, že jsou ti kluci s námi stejně staří.

„Dobrý, Kide," zahučel Vašek. Díval se přitom k lodím a pak napjatě sledoval hodinky, jestli se mu při rvačce nezastavily.

„Děkujem," pípla Majka, „mně je stejně zle."

„Ano?" řekl Kid nepřítomně a podíval se na ni. „Jste poněkud – senzitivní, že?" Jako by najednou mluvil marťansky. Nikdy před tím Majce ani nikomu na vodě nevykal. Na vodě se to nesluší. Až dosud jsem měl za to, že cizími slovy od tří slabik nahoru opovrhuje. Nikdy předtím mě nenapadla ta samozřejmost, že Kid není jenom vodák, že Evrgrín není jenom Kid.

„Tak – posedíme – ne?" řekl a usadil se na poleno u ohně.

Petr s Vaškem horlivě upravovali vidlici, která držela tyč s kotlíkem. Pořád se skláněla k ohni. Nedařilo se jim to a div se při tom nepohádali. Pak jsme seděli, děvčata se snažila něco dvojhlasně pískat a taky jim to nešlo. Plival jsem na kameny kolem ohně a pozorně sledoval, jak to vždycky zasyčí.

Čaj přestal bublat, nikdo nepřikládal. Kid hodil pod kotlík hrst chrastí.

„Nech to," řekl Vašek, „my už to dneska pít stejně nebudem."

„Já jdu spát," zazíval Petr, „nějak mě to zdrblo."

Leželi jsme u ohně a nikdo nemluvil.

„Tak já abych – šel," zvedl se Kid. „Už je pozdě. Ahoj."

„No tak holt," řekla Majka, „dobrou…"

„Dobrou noc, Kide," zavolala Dagmar, „Ahoj! A – zašněruj si stan – bude v noci zima."

Klátil se pomalu pryč, kopal před sebou šišku, dokud ji viděl ve světle ohně. Na rameni měl roztrženou bundu.

„Kluci, vy jste přece pitomci," řekla Dagmar. „Aspoň kdybyste za ním zabručeli. Víte, jak by to dopadlo, kdyby tady nebyl?"

„No co?" vyletěl Vašek. „Co by dopadlo?"

Dagmar se na něj soucitně usmála.

„Div jste ho nevyhodili," řekla Majka.

„Von by se nenechal," povídám. „Von má přece sílu."

„Panebože. Vy byste se teda ukázali. Mohl bejt mrtvej."

„Nemoh," ozval se Petr ze stanu. „Von je formát. Šetrhend, vole."

A mne napadlo, že už zítra budeme doma a možná, že už neuvidím ani holky, ani Evrgrína a když ho uvidím, už to nebude ono, protože dneska se to nemělo stát.

A Evrgrín už nebude Evrgrínem, ale nějakej pan ten a ten, kterej mi řekne v tramvaji třeba „tak jak se máš, chlapče," a já se zatvářím uctivě, protože mě oslovil starší člověk a řeknu, že dobře. Už to nebude kamarád Evrgrín, bude to „přítel, který se nás zastal" a já už na něho v životě nezařvu ahoj, admirále, protože mi v tom bude bránit přirozenej ostych.

160

Když jsme ráno vylezli ze stanů, byl už Evrgrín pryč. Tam, kde stál jeho stan, bledla zválená tráva a pomalu se zvedala.

Ale u našeho ohniště svítil lístek: „Ahoj pardi. Včera jste se drželi. Na shledanou někdy v Praze. Nebo tady. K"

Mlčky jsme začali balit, Vašek šel k řece a hodil lístek do vody.

Potom jsme pluli domů, řeka nás nesla cestou, která nás dnes vezme řece, a pískali si písničky, co nás je naučil Kid. A já si říkal, že ten pomník boha Evrgrína by se stejně na tom soutoku dobře vyjímal. Jenže mu ho beztak nikdo nepostaví.

Zdeněk Šmíd

Vodácký slovníček

loď a její komponenty:

zadák / kormidelník – sedí vzadu, loď řídí a ve vodáckém mikrosvětě je svrchovaným a absolutním pánem lodi

háček – sedí vpředu a neřídí, takže kromě pohonu lodi má funkci přetahovací, uklízecí a jakoukoli další mu kormidelník přidělí

porcelán – sedí uprostřed, nemá pádlo a veze se

bort / borty – vrchní část boků lodi; kdo se jich chytí v peřeji nebo šlajsně, obvykle se koupe

šprajc – příčná výztuž lodi, ke které se poutá bagáž

špricka / komínek – guma nebo impregnovaná látka, chránící loď proti vlnám, jíž se kanoista či kajakář spojuje se zavřenou lodí do jediné bytosti

koňadra – „koníčkovací" šňůra, sloužící k přetahování lodi

kolejda – podvozek s koly, na kterém lze loď popovézt místo neoblíbeného přenášení

barel / konev / lodní pytel (loďák) – má vodákovy věci ochránit před vodou

druhy záběrů a pohybů lodi:

přitáhnout – pohyb pádlem směrem k lodi, při němž se špička stáčí na stranu, kde háček přitahuje

odlomit – pohyb pádlem směrem od lodi, při němž se špička stáčí na opačnou stanu, než kde má háček pádlo

kontra – pohyb pádlem proti směru lodi, jehož cílem je donutit loď k couvání či zpomalení

traverz – pohyb lodi napříč řekou nejkratší trajektorií od jednoho břehu ke druhému

cvaknout se / udělat se – ukázat dno lodi nebesům a vykoupat se v řece

řeka a její rozmary:

volej – klidná hladina bez zřetelného proudu

šlajsna – část jezu upravená pro sjezd vorů a lodí

retardér / retardačka – šlajsna, v jejímž dně jsou šikmé pláty
zpomalující vodu

kozy – betonové boky vymezující šlajsnu – to jediné, co vodák
vidí, když se k ní blíží

zabalák – vysoká vlna se zpětnou rotací na konci některých
šlajsen

kohout – vysoká vlna

vracák – zpětný proud, vznikající za překážkou v řece nebo
u břehu

válec – vertikální zpětný proud, zpravidla pod jezem, který
vrací vodu pod jez

Obsah

Trosečníci řek

V povídkách padají stromy, praskají pádla, kradou se rafty a mystický trosečník vodáka zmámí táhnout proti proudu až do poslední hospody.

Navečer vzduch zavoní kouřem z ohňů a Duch řeky ulehne pod svou kánoi.

Někde daleko v budoucnosti Poslední vodák právě našel svou první loď.

Vodácké duše

Hrdinové selhávají a jiní se rodí, když se údolím žene smrtelné nebezpečí.
Co číhá za tajemnou mlhou?
Jaká oběť usmíří ducha v Rožmberku?

Jak může lov na sumce skončit střelbou?
Komu může pes po smrti nosit trepky?

A jak se dostanete domů, když bydlíte od řeky několik světelných let?

Drž hubu a pádluj

Ťukání pádel o boky lodí se mísí s kouřem a zpěvem od večerního ohně a letní lásky i hloupé náhody řádí jako černá ruka.

Nad Ďáblovým ostrovem se právě začala stahovat mračna.

Vyčerpaný vodák táhne loď bažinou. A stmívá se.

Říční polobozi
vodácké povídky

Sazba a obálka Jiří Nosek
www.vydaniknihy.cz
Titulní ilustrace: Pavel Talaš
www.patart.cz
Kolorování: Michael Petrus
www.dev-art.cz

Vydalo nakladatelství
Jiří Nosek – KLIKA
v roce 2018 V USA
www.nakladatelstviklika.cz

Vytiskl CreateSpace
Vydání druhé
168 stran
978-80-88298-03-8